酔いどれ探偵 倉嶋竜次 2

工藤堅太郎

ウーマン・ハント

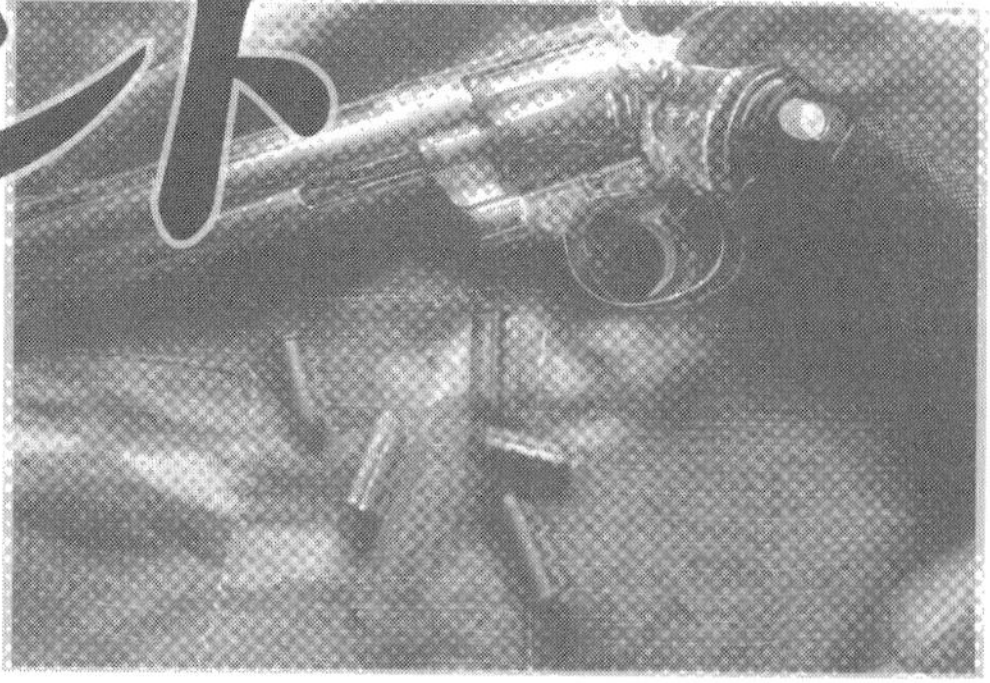

風詠社

目次

【登場人物】

倉嶋竜次　私立探偵、主人公
小島頼子　竜次の恋人、通称ヨッコ

＊　＊

倉嶋隆康　竜次の兄、牛込警察署長
修ちゃん　テイクファイブのオーナーバーテン

＊　＊

佐伯亜里沙　女子高校生
〃小枝子　亜里沙の姉、誘拐された女

＊　＊

佐伯剛史　亜里沙たちの父、製薬会社社長
〃富士代　剛史の後妻、亜里沙たちの母
〃俊彦　佐伯夫婦の長男、剛史が社長を務める会社の専務

＊　＊

宗像　昇　佐伯家の運転手兼書生
林　貞子　〃　家政婦

＊　＊

登場人物

滝本浩介　加賀町署警部補
三好辰郎　〃　新人刑事
山崎誠一郎　〃　刑事課長

＊　＊

伊丹誠一　松葉組若頭補佐
橋本正男　〃　組員、弁天のマサ
高山勝利　〃　組員、スキンヘッドのボクサー崩れ
小野繁治　〃　組員、頬傷のナイフ遣い
村瀬百合　伊丹の情婦、クラブママ

＊　＊

山田健一　翠香楼の支配人
チーフコック　〃　コック

＊　＊

岡崎桐葉　誘拐された女
須藤　操　〃
高桑涼子　〃
泉　真澄　〃

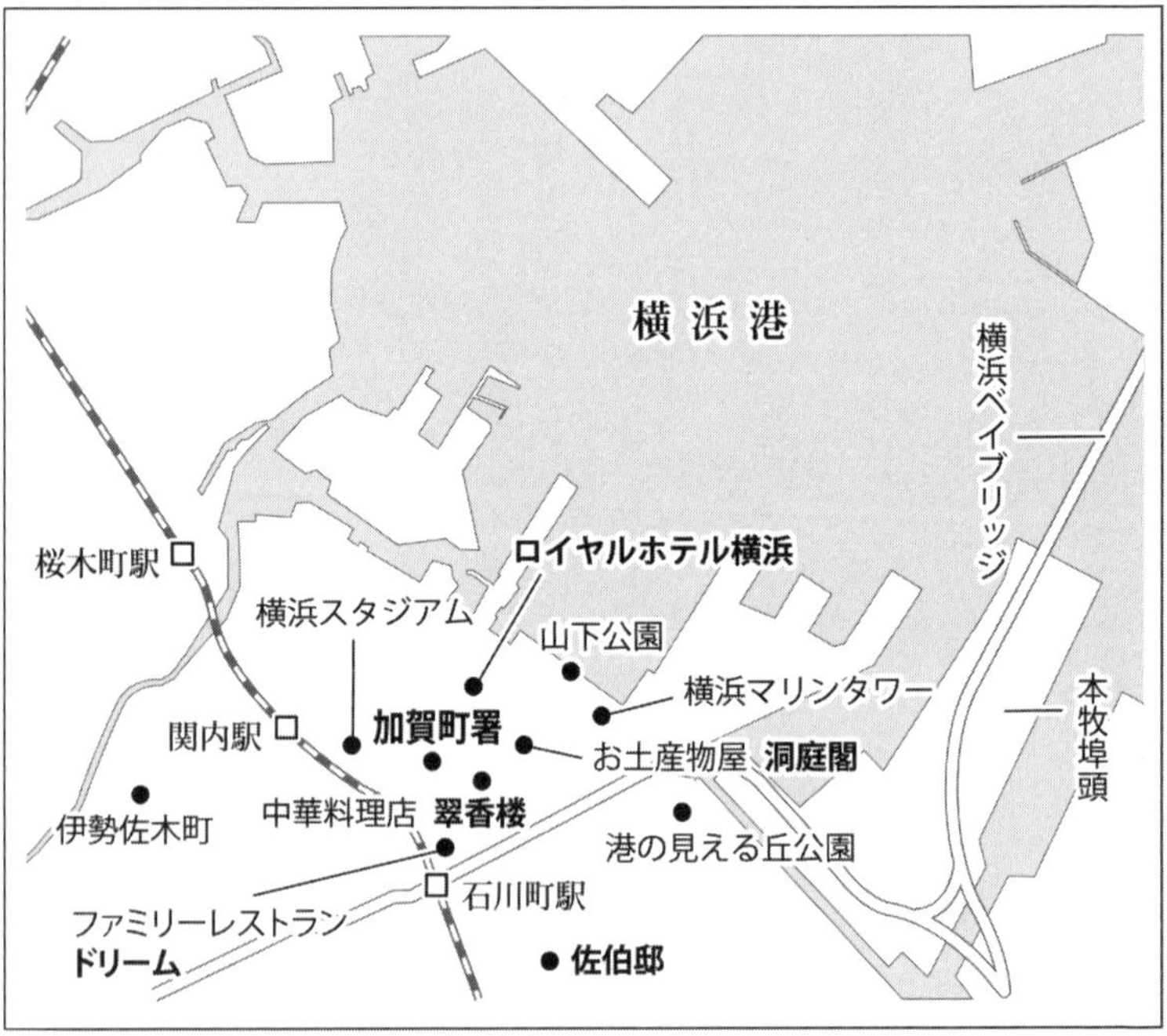

横 浜 港
横浜ベイブリッジ
本牧埠頭
桜木町駅
ロイヤルホテル横浜
横浜スタジアム
山下公園
横浜マリンタワー
関内駅
加賀町署
お土産物屋 洞庭閣
伊勢佐木町
中華料理店 翠香楼
港の見える丘公園
石川町駅
ファミリーレストラン
ドリーム
佐伯邸

第一章　依頼

1

　新宿の空は低く垂れ込めた黒い雲で覆われ、間もなく大雨が降るそうだ。台風十四号が関東地区にも上陸すると告げる天気予報は、湿気の多い気色悪さだ。

　午後三時、ここ倉嶋探偵事務所の電話が「プルル、プルル」と鳴った。

　ヨッコは直ぐ近くのコンビニにこまごました生活必需品を買出しに出掛けて留守だった。いつもならヨッコが出てくれるが、いなければ仕方がない。飲みかけのコーヒーを片手に、デスクから受話器を取り上げる。

　倉嶋竜次。身長一八〇センチ、肩幅の広い筋肉質の頑健な肉体がしなやかに動く。濃い眉、高い鼻梁、物憂げな目つきで、先が二つに割れた顎には五センチほどの長さの古い傷痕が一筋目立つ。

「ハイ、倉嶋探偵事務所ですが」

我ながらどうにも無愛想な応対だなと、竜次は思った。

かすかに、聞き取れぬほどの低い、少女のような声が聞こえた。

「あの～、経費はお幾ら掛かります？」

（オイオイ、いきなり、そこからか？）

「どういうご用件ですか？」

竜次は素っ気なく尋ねた。

「はい、人を捜してほしいんですが……」

「は～ん、着手金が三〇万円、あとは成功報酬ですね。他に、掛かった実費は別ですよ」

引き受ける気持ちはもう吹っ飛んでいるので、どうでもよかった。

「そう……あなたが所長の倉嶋竜次さん？ お酒は飲みます？ 煙草は吸います？」

突如、少女が豹変したような声音でキッパリとした声で訊く。

「エッ？」

思わぬツッコミに、チョッと慌てた。

「ええ、人並みにはね。いや、人並み以上だな。煙草も吸いますよ、パッカスカね……。気に入らなかったら、ウチは止めたらどうですか？ 酒も煙草も飲まない清廉潔白な探偵さんに、依頼したらいい。それより、何故警察に行かないんです？ あそこなら、経費なんて掛かりませんよ」

もう、どうでもいい気分だった。早く電話を切りたかった。

「ええ、でも倉嶋さんじゃないとダメなんです」

声に、縋《すが》りつくような必死さを感じた。受話器のバックに救急車のサイレンの音が聞こえた。今、表でも聞こえる。

「へぇ～、……今、この電話は何処からですか？」

「通りの向かい側です。五階の角部屋ですよね？　ここから見えます。白いレースのカーテンが降りてるでしょ？」

「上がってらっしゃい。五〇一号室です。お会いして話しましょう」

あまりに頼りなげなので、会う気になった。

受話器を戻し、冷えたコーヒーカップを手に窓際へ行き、外を見る。益々空は暗く、今にもどしゃ降りになりそうな気配だ。ポツポツと雨が落ちてきた。

見下ろすと、丁度、女学生らしき制服を着た女の子が、赤い傘を差して横断歩道ではなく、車の間を縫って警笛を浴びながら、通りを突っ切っているところだった――。

バタンとドアが閉じて、ヨッコがコンビニから帰って来たらしい。

「もう雨が落ちてきたわよ。天気予報、当たってるわねェ」

コンビニの袋を二つ抱えて、いつも元気一杯だ。

「ヨッコ、今、依頼者が来るぞ。若い女性だ、多分な」

言い終わらぬうちに「ピンポーン」と、オートロックのマンションの玄関ドアのチャイムが鳴った。

「ハ〜イ、どちら様ァ？」

ヨッコがモニター画面をプッシュする。竜次も近付いて覗いた。十七、八歳に見える娘が俯《うつむ》いて立っている。

「今、お電話した者ですけど……」

弱々しいオドオドした声だ。

「お上がりなさい」

竜次が応答し、玄関のロックを解除した。

ヨッコが物問いたげに振り仰ぐと、竜次は黙ってウンと頷き、自分のデスクに戻った。

ヨッコは買って来た物を冷蔵庫に移し、整理し始めた。

間もなく、事務所のチャイムが鳴った。セキュリティは二重チェックで万全のマンションだが、それでも何ヶ月か前には、暴力団東誠会の殺し屋に屋上からロープを伝って押し入られた。用心棒の愛犬〈ラッキー〉は殺され、ヨッコも命の瀬戸際に追い込まれる危ない目に遭ったのだ。

「どうぞ、お入りになって」

ヨッコの招き入れる声と共に、小柄な少女が姿を見せた。

紺色ミニのフレアースカートに薄い水色の半袖のセーラー服姿だ。手には折り畳んだ紺色のレインコートと、女学生が持つ四角い黒鞄。ヨッコは鞄を受け取り、レインコートをハンガーに掛けて、少女をソファへ誘った。

ところが、少女はジッとその場に立ち尽くしたまま部屋を見回している。黒髪を内巻きにカールさせて、縁なしメガネを掛けたその目は大きく、黒い瞳が目立つ。その顔は化粧っ気がなく、近頃流行りの装飾品や指輪、ネイルアートもきれいさっぱり何もない。スッピンでも分かるその美しく整った顔立ちは、化粧をしたら目を引くだろう。

竜次は自分のデスクに座ったまま「さ、どうぞ」と手で促した。

すると少女は遠慮深げに両膝をピタリと揃えて腰を下ろし、真っ直ぐに竜次を見つめた。

「お名前は？」

竜次は自分のテーブルから応接セットの椅子に移りながら、ぶっきら棒に訊いた。

「まだ言えません。他人に知られたくないウチの事情をお話しするのですから、あなたが信用できる方かどうか分かってから教えます」

真正面から竜次に向けた強く光る瞳には、意志の強さが感じられる。

「なるほど、あなたに信用されてからねぇ〜。じゃあなたは何故、数ある探偵事務所の中からウチを選んだんですか？」

「倉嶋さんの字画があたしとピッタリの相性だったから……姓が二十四画、名が十六画、総画四十画。ウマくいくと思います」

笑ってしまった。タウンページの電話帳には番号だけで広告も掲載していないし、なるほど、そんな選び方もあったのか。小学生が鉛筆を転がして、テストの答えを当てるようなものだ。

よく『あなたも探偵になれる』なんていうタイトルのハウツー本には、「依頼者にはできるだけ多く喋らせよ」とか「注意深く話に耳を傾け、こまめにメモを取れ」とか「こちらが話す時は利口ぶってはいけない」とか「人間行動に精通せよ」とか「依頼者がこちらの能力を一〇〇パーセント信じ切れるように持っていけ」などと、条件を事細かに並び立てられているが、竜次にとってはどうでもいいことだった。勿論、姓名の字画で依頼者との相性も調べない。依頼を受けるか断るかは、自分の直感、印象で決めてしまうのだ。

丁度、お茶を持って来たヨッコも思わず足を止めて唖然と見つめていたが、しゃがみ込んで盆のお茶をテーブルに置いた。

粗茶でございます……とは言わなかった。いつもは言うのに。

「アイスティーのほうがよかったかしら?」

ヨッコは少女に好感を持ったようだ。表情で直ぐに分かる。

「いいえ」

　彼女は素直に首を振った。

「さっき、電話では人を捜してほしいとか……あっ、あなたの嫌いな煙草吸いますよ。酒はまだ飲みませんけどね……」

　竜次はラーク三ミリのロング煙草にジッポのライターでシュパッと火を点け、思い切り深く吸い込み吐き出したが、彼女は嫌な顔をしなかった。

　おずおずと傍の鞄を引き寄せて中に手を入れ、黄色い長財布を取り出すと、言い訳がましく呟《つぶや》いた。

「黄色って財運が付くんですって。あの～、手付金ということで、これだけ」

　万札一枚と五千円札と千円札が五枚——あとは空だとこっちに見せた。

「名無しのゴン子さん、これはあなた一人の考え？　お家のご両親とかには内緒なの？」

　暫く押し黙っていたが、やがて堰《せき》を切ったように喋《しゃべ》り出した。

「あたし、佐伯亜里沙《さえきありさ》と申します、十八歳、高校三年生です。横浜に住んでます。実は、二十一歳の姉が三日前から行方不明なんです。あたしはフェリス女学院というカトリック系の学校に通ってますが、姉は横浜国立大学国文科の三年生です。自宅の山手から保土ヶ谷の大学に通学してましたが、三日前、朝、家を出たきり、行方不明です。父は製薬会社を経営してます。何故か、父は捜索願いを出しません。姉は父があたしの母と結婚する前の母の連れ子だったんです。あたしたちは異父姉妹ですが、あたしは姉のことが大好きなんです。姉は今まで外泊なんて一度もしたことがありません。それがどうして急に……連絡は全く……誘拐されたのか……車にひき逃げされて病院とか、もう……悪いことばかりが頭に浮かびます」

真正面から見つめる黒い瞳から、涙がじわ～っと湧き出てきた。

竜次はもう引き受ける気になっていた。

「分かりました。動いてみましょう。あっ、一つ、何故さっき電話でいきなり、酒を飲むかと訊いたんですか？」

「……父が酒乱なんです……家族の恥です」

「なるほど……。お姉さんの顔写真とお名前、住所を教えてくれます？」

「はい、これが姉の小枝子《さえこ》です」

バスト写真と全身のカラー写真を、テーブルに滑らせてきた。美人姉妹と言っていいだろう。彼女は手帳を破ってアドレスを書き込みながら、続けた。

「倉嶋さんは、何もメモを取らないのね。刑事とか探偵さんはみんなノートや手帳にメモを取るものだと思ってました」

「僕のことはどうでもいい。お姉さん、美人だけど、あなたに似てませんネェ」

「そりゃ父が違いますから……」

怒ったような口調だ。

「お姉さんに何か外見的な特徴はある？　アザとかホクロとか傷とか……」

　煙草にもう一本火を点けた。チェーンスモークだ。

「右耳の下、後ろ首に五ミリくらいのホクロと……それと、右足の脛《すね》に芝刈り機の刃で切った古い傷痕が……目立つ特徴はそれぐらいです。着手金は直ぐに父に振り込ませますので、銀行口座を？」

「お～い、ヨッコ。引き受けるぞォ、この仕事。亜里沙さん、分かりました。他人には知られずに、僕一人の力で捜せというんですね」

「ええ、ここへ来るのも誰にも知らせず、学校帰りに真っ直ぐ来ました」

「こんな台風の近付く日に、横浜からねェ～。亜里沙さん、あなたのケータイ番号教えておいてくれる？　ヨッコ、僕のを教えてあげて。それと二万の領収書と振込先の口座をね」

「あら、領収書なんて必要ありません。たった二万円の手付金ですもの」

「いや、確かにあなたから依頼された仕事をお引き受けしたという証拠なんだよ」

「は～い、もう用意してました」

　ヨッコが事務員らしからぬ馴れ馴れしさで竜次の横に座り、領収書と銀行口座と竜次の携帯電話番号を書いたメモ用紙を差し出した。

「まぁ、ご夫婦だったんですか？」

　亜里沙が初めて笑った。口角が上がって白い歯が覗く。魅力的な笑顔だ。

それについては何も答えず、竜次の口からは思わずこんな言葉が出てきた。

「あ～あ、何で俺はこの依頼を引き受けたのかな？　何もやることがなくて退屈だったけど、今日の天気のせいかなぁ」

きっと亜里沙には皮肉っぽく聞えたことだろう。しかし確かに、彼女の瞳の奥に竜次を惹《ひ》きつける何かがあったのだ。

「ヨッコ、近くの駅まで送ってあげたら？　雨が降ってきそうだぜ」

「ええ、新宿でも飯田橋でも都合のいい駅まで送って行くわ」

ヨッコは上機嫌で言った。夫婦と思われたのが嬉しかったのだろう……。

「スミマセン。じゃ、宜しくお願いします」

亜里沙はペコリと頭を下げて、ヨッコと二人で出て行った。

以前の車は東誠会との命を賭けたカーチェイスでブチ壊してしまったので、同じ車種のエルドラド４ＷＤを購入したのだ。

竜次は自分で作ったワイルドターキーのロックグラスを手に窓際に立ち、空を見上げながらゴクリと一口喉《のど》を潤《うるお》した。

まだ夕刻なのに蒼暗《あおぐら》い空にピカッと稲光が奔《はし》り、ゴロゴロゴロと遠雷が——。

窓ガラスにポツポツと雨粒が当たったと思う間もなく、ドヒャ～とたたきつけるような雨音に変わった。台風十四号の上陸か？　嵐の予感が……。まるで前途を暗示しているようだった。

2

台風一過——九八〇ヘクトパスカルに勢力が弱まり、温帯低気圧に変化した台風十四号は猛スピードで進み、ひと晩で日本海側へ抜けて、昼には真っ青な空に変わり、風はまだ強いが気持ちのイイ一日となった。

竜次は早速、行動を開始した。まず牛込警察署署長の兄、隆康《たかやす》の元へ——。

今日の竜次の出で立ちは、紺地にグレーの細いストライプのスーツにノータイ姿だ。署長室で見る兄の、眉間に皺を寄せた渋面は相変わらずだった。

「おぅ、竜次、久しぶりだな。元気そうじゃないか」

先月、中野の自宅に侵入した東誠会の二人の殺し屋の、拳銃を握った一人の腕を斬り飛ばし、娘の喉にナイフを突きつけた一人の背中を断ち斬った豪胆なイメージは、今はない。穏やかなものだ。

「兄貴、人捜しの依頼がありましてね、舞台は横浜なんですよ。この前、お世話になった、あの加賀町署の滝本《たきもと》警部補に繋いでくれませんか？」

半年前、関西連合大曽根組のサディスト鳥飼の件で三時間の事情聴取が行われ、取調室で意気投合した横浜加賀町署生活安全課滝本浩介《こうすけ》警部補。二十九歳の好漢、竜次より四歳年下だ。チェーンソーによる遺体バラバラ事件では、刑事と探偵と立場は違うが男同士相通ずるものを感じ、再会を約して別れたのだった。

「所轄内の家出人、行方不明者の状況とか、そんなものを聞きたいと思いましてね」

「お安い御用だ。何か、ややこしい案件なのか?」

「いやそれが、雲を掴むような話で。四日前から訳も分からず依頼者の姉が行方不明になっているそうで、捜してほしいと頼まれましてねェ」

「去年だけでも全国の行方不明者や家出人、失踪者は、届け出があっただけでも八万三千人を超えるんだぞ。砂浜で砂を引っ掻き回すようなもんだ」

「まぁ、引き受けた限りは、砂を掘ってみますよ」

「よし、横浜加賀町署の滝本だな?」

隆康が加賀町署へ連絡を取っている間に、竜次のケータイの待ち受けテーマ曲『ワルキューレの騎行』が高々と鳴った。昨日の依頼者、亜里沙からだ。

「父がさっき着手金を振り込んだそうです。では、宜しくお願いします」

味も素っ気もない電話だったが、もう引き返すことはできない。引き受けたのだ! 女子高生からの依頼を——。

その足でＪＲ京浜東北線に乗り、関内《かんない》駅まで五〇分。直ぐ傍の横浜スタジアムでは巨人戦の試合が組まれていることもあり、多くの人で溢れている。そこからタクシーで一〇分、横浜中華街の北門入り口近くに加賀町署の庁舎があった。

　後方に横浜マリンタワーが見え、警察署らしからぬピンク色っぽい石壁に、半円形でアーチ型の入り口が三つ、階段を四、五段上がって、受付で滝本警部補にアポイントを取る。

　既に隆康から連絡済みなので、待つこともなく出迎えてくれた。人懐っこい笑顔を浮かべ、武骨で大きな手が差し出された。

「やぁ、倉嶋さん、一別《いちべつ》以来ですねェ。その節はどうもお世話になりました。あれはウチにとっても大事件でしたよ」

「いやいや、こちらこそ」

　その温かい手を握って、大きく振った。

「早速ですが……」

「ああ、ウチの管内で人捜しですって？　まぁ、どうぞこちらへ」

　先を歩く滝本浩介警部補は無差別級柔道五段の猛者で、身長は一九〇センチ以上で竜次より高く、体重一三〇キロの肥大漢だ。節電で薄暗い廊下をノッシノッシと歩いて、生活安全課へ。

（――警察署内なんて、何処でも同じような雰囲気だな。何度も兄貴の牛込署を見ているので、我が家同然だ。慣れ親しんだこの匂い、この風景――）

午後も遅い時間帯なので出払っている刑事が多いのだろう、二〇坪ほどの部屋に一〇人くらいの捜査員がいて、ある者は電話を、ある者はパソコンを覗き込み、忙しそうだ。

滝本はポットの冷たい麦茶をコップに注ぎ、「どうぞ」と自分の席の前の椅子を勧めた。

竜次は腰を下ろしながら、話し始める。

「早速ですが、こちらの山手町×××番地、サエキ製薬社長の佐伯剛史《たけし》さん、ご存知ですよね?」

「えっ、ええ勿論。管内の著名人、高額納税者ですよ。どうしました?」

「そこの二十一歳の娘が三日前から、いや正確には四日前から行方不明なんだそうです。その妹というのが、昨日僕のところまで訪ねて来ましてねェ」

「へェ～、昨日の台風の最中《さなか》、新宿までですか? よっぽど、倉嶋さんにお願いしたかったんでしょうねェ」

滝本はニヤニヤ笑っている。

「いや、それが……僕の姓名の字画が自分とピッタリ相性が良いとかで、白羽の矢が立ったらしいんですよ。笑っちゃうでしょ?」

言いながら、照れ臭そうに顎の古傷を指で撫でている。竜次のクセだ。

「うちのことを電話帳で調べたみたいですよ。フェリス女学院の三年生だそうですがね、何か乙女チックでしょ?」

「お嬢様学校ですねェ……あ、チョッと待って」

何か思い付いたのか、滝本はフイと立ち上がり、少し離れた席の刑事と何やらヒソヒソ話を始めた。

竜次はボンヤリと窓外に目をやり、赤、黄、青などの派手な原色が目立つ中華街通りの賑わいを眺めていた。

直ぐに滝本が戻り、声を潜めて話し始めた。

「僕は空き巣や盗難車なんて事案に専従してましてね。今、同僚に確めたんですが、この一週間で三件の若い女性ばかりの行方不明者への捜索願いが届けられてます。勿論、佐伯社長のところの娘さんは数に入れずにですよ。それにしてもチョッと多いですねェ。どうやら、公開捜査本部が立ち上がるみたいですよ」

眉を潜め、しかつめらしい表情をしている。

「全国では去年一年間で八万三千人を超えるそうですよ。家出人、失踪者は」

竜次はさっき隆康から仕入れたばかりのネタをひけらかし、コップの麦茶を飲み干すと、立ち上がって言った。

「分かりました。僕は直ぐ佐伯社長を訪ねてみましょう。滝本さんは、その三件の事案を当たってくれませんか？」

「もしも佐伯家と繋がったら、面白いことになりそうですね」

滝本も立ち上がりながらそう言うと、ニタッと笑った。イイ相棒になりそうだ。

3

山手町の坂を上り、今や観光名所となっている外人墓地の前を通り過ぎ、カトリック山手教会を眺めながら、閑静な高級住宅街に入って行く。

（あったッ）

右も左も五〇メートルの距離はある有刺鉄線の張られたレンガ積み石塀の、豪勢な白亜の二階建て邸宅――。おそらく敷地は一千坪を超えているに違いない。

鈍色《にびいろ》の高さ三メートルはある両開きの鉄門の前に立ち、「佐伯」と書かれた大理石の表札の下のチャイムを押す。目の前にカメラの目が睨んでいる。

十数秒、返事なし。もう一度チャイムを、今度は三度押す。

ピンポーンピンポーンと屋内で確かに鳴っている――が、やはり応答なし。

竜次は鉄柵の間から手を差し入れて通用門の閂《かんぬき》を外し、グイと押すと門は軋《きし》んだ音を立てながら簡単に開いた。

門から玄関まで三〇メートルほどの車道スロープが上がって、その両側の前庭にはよく手入れされた芝生と花壇がしつらえてある。その坂を上りながら振り返ると、横浜港や山下公園、横付けされた氷川丸《ひかわまる》などが眼下に望める素晴らしいロケーションだった。

（こんなトコロに住んでみてえなぁ）

そんな思いが竜次の胸をよぎる。

車寄せの前の石段を三段上がって、竜次は玄関の重厚なドアの前に立った。

イギリス人が建てたと思われるこのガッシリした邸宅は、玄関周りにある赤レンガの壁に蔦がからんで、なかなか趣のある豪勢な佇《たたず》まいだった。

竜次は、クルミ材のアンティークドアの目の高さにステンドグラスが嵌め込まれた洒落た玄関ドアのチャイムを鳴らした。

その音が邸の内部でかすかに響き渡るのが、扉越しに聞えた。

今度は待つほどもなく扉が開き、五十歳に手が届くかどうか、黒髪を引っ詰め、後ろで団子に丸めた黒縁メガネをかけた冷たい感じの女が立っていた。痩せぎすの身体に白いブラウスを身に着け、黒のロングスカートを穿いている。女家庭教師のような雰囲気だ。

「はい、何のご用ですか？　宅配便の配達の方には見えないけど……許可もなく入って来たんですね、あなたは」

その声は思った通り、氷のように冷たかった。

「佐伯剛史社長にお目に掛かりたくて参りました。昨日、娘さんの亜里沙さんがお見えになった件で……」

一瞬、その家政婦か教師にも見える女は、目をしばたいて無言で竜次を見つめた。

「お約束は、勿論ありませんね？　本日、旦那様は大事な会合がございまして、お約束のない方にはお会いにはなりません」

「いや、ご長女の小枝子さんの件で……私は倉嶋という探偵事務所の者です」

「お帰りください」

ドアが激しい勢いで閉められ、カチャリと錠の掛かる音がした。

竜次は苦笑してくるりとドアに背を向け、ポケットから取り出した煙草を咥えた。ジッポのライターで火を点けると、ゆっくりとくゆらせながら肩先でチャイムのボタンに寄り掛かった。邸内の奥でピンポーンの音が止むことなく続いている。

煙草の煙が強い風に飛ばされていく。台風一過の空は抜けるように青く、港内には白波が立っているが、沖合いに汽船が点在し、絶景だ。チャイムのボタンに肩先を押し付けたまま、煙草を半分ほど灰にしたところで扉が開き、例の女のヒステリックな罵声が飛んできた。

「しつこい男ね！　いい加減に帰らないと、酷《ひど》い目に遭うわよ！」

再び閉めようとするのを、竜次は素早くドアの間に靴先を突っ込み、閉まらないようにしてからグイと力を込めて扉を押した。ドアは大きく開き、その反動で女は背後に弾《はじ》き飛ばされた。床の上に仰向けに倒れてスカートが捲れ上がり、白い太腿まで見えた。

「何をするの！　こんな真似をして後悔するわよ！」

倒れたままツバを飛ばして喚きながら、スカートの裾を引っ張り下ろしている。

竜次は女には眼もくれず、その罵声も耳に入らなかったように、静かな視線を辺りに向けた。

吹き抜けになった一〇坪ほどの白大理石が敷き詰められた玄関ホール――その奥正面には両開きのドアがあり、右の壁には二つのドアが付いている。一つは待合室、一つは女中部屋だろう。二階に続く中央の螺旋《らせん》階段には、サフラン色の絨毯《じゅうたん》が敷かれていた。

竜次は、正面の両開きドアの中にこの邸の主がいるものと見当をつけた。歩き出そうとすると、起き上がった女が竜次に眼を据えて、けたたましい叫び声を上げた。

「宗像《むなかた》さ～ん、変な男が入って来たわよォ。下りて来てェ！」

その声に応じて、二階から螺旋階段を素早く駆け下りて来た若い男が一人――まだ二十歳を幾つも超えていない年頃に見えた。丸顔で坊主頭の無邪気な中学生みたいだ。

男はTシャツにズボン姿で、筋肉の塊のように逞しく発達した肉体がTシャツ越しにクッキリと見て取れる。

階段の途中で足を止めると、男は竜次を見下ろし、年に似合わぬ太い声で尋ねた。

「社長は、今日は誰にもお会いにならない。それとも、アポイントを取ったのか？」

「いや、約束はないが、どうしてもお会いしたい。ご依頼の件でね。君は誰かね」

「僕は運転手兼書生、宗像昇《のぼる》だ。お前こそ誰だ？」

「僕は探偵の倉嶋という者だ。行方不明になっている小枝子さんを捜してほしいと依頼されてね、どうしても社長に会いたいんだ」

一瞬、宗像という青年の眼がドキッと見開かれたのを、竜次は見逃さなかった。

「いや、だから社長はこれから重要な会議があるんだよ。約束がなければお会いになれない。分かったら帰れ！　出直して来るんだな」

「こっちも、わざわざ新宿から出て来たんだ。手ぶらじゃ帰れない」

竜次は言い捨てて、正面の扉へ向かって歩き出した。

途端に、背後から何かが恐ろしい勢いで襲ってくる気配を感じ取って、横に身をかわした。宗像が階段の途中から手摺りを飛び越えて、狼のように宙を飛び、竜次目掛けて必殺の飛び蹴りを仕掛けてきたのだ。

彼の右足は竜次の後頭部をかすめ、正面のドアにぶつかる寸前に一転して身をひるがえし、フロアに降り立つと竜次の前に立ち塞がった。

竜次より五センチほど背丈は低い。腰を落とし、摺り足で後ろに下がって、ある程度の距離を置くと、空手の構えを取り、こっちの技量を推し量るようにジッと竜次の出方を窺《うかが》っている。

握った左腕の拳をやや前に突き出し、右拳は鳩尾《みぞおち》の辺りに軽く握り締めている。

竜次はただ無造作にその場に立ったまま、宗像という若者の気負い立った構えを見守った。

「宗像昇君と言ったかな」

　竜次は単調な口調で言った。

「君は大分、空手には自信があるようだね。そいつは君のその身体つきを見れば分かるし、今の足蹴りの鋭さからも君が並々ならぬ技術の持ち主だということも分かった。しかし、同じ空手の有段者と試合をするのなら、君は負けないかも知れないが、実際の喧嘩や格闘で君のその空手が役に立つと思い込むのはいささか自信過剰というものだ。その上、日頃の稽古で寸止《すんど》めの意識が徹底的に体に染みついている。僕も空手はやるがね、万能の格闘技ではないよ。空手は、最終的には相手を倒し自分を守ることだ。実際の喧嘩では、相手が空手の型通りに動いてくれるとは限らない。それに、相手が必ずしも素手かどうかも分からんじゃないか。拳銃を持ってるかも知れんし、あるいはナイフかもな。僕は両方とも相手にしている。自信があるからといって、むやみに喧嘩を売るのは止めたほうがいいぜ。フェアできれいごとの喧嘩なんて、お題目だけだ。自分の拳が、足蹴りが、相手にどんな結果をもたらすか、知ってるかい？　皮膚が裂け、血が噴き出し、骨が折れるんだぜ。一旦、やり合うことになれば、半死半生になるか、相手を殺すまでやり合う覚悟でいなければならない。君はまだ若い。血気に逸《はや》って無茶な真似をすると、命取りになるぜ。……長々とお説教じみた話をして済まなかったな。気を悪くしたか？」

　宗像は気分を害していた、唇がへの字に曲がって歯を食い縛っている。

「あんたもそれだけの大口を叩くからには、腕に自信があるんだろうな」

宗像は竜次を睨みつけながら、低い声を絞り出した。

身体中の筋肉が膨れ上がったような感じだ。

「あんたの言ったことが本当かどうか、試してみようじゃないか」

言い終わるや否や、再び宗像は宙を跳躍した。

右足が顎を狙っての水平蹴りだ。まともに喰らったら骨折かヒビだ。香港マフィアの殺し屋、ドラゴンとの死闘を思い出した。首をすくめてやり過ごす。

宗像は空中で反転して、こちら向きにヒラリと降り立った。竜次は降り立ったその場所にスウッと身を寄せる。

竜次があまりに接近して来たのでうろたえたのか、宗像は不十分な構えから鳩尾《みぞおち》目掛けて正拳突きを放ったが、竜次は余裕を持って左手でその拳を払いのけ、右肘打ちを宗像のこめかみに喰らわした。皮膚が裂け、血が飛んだ。こめかみは鍛えようがない。多分、脳味噌がグラッと揺れたことだろう。

宗像はその一撃で激しく横転し、大理石のフロアにしたたか叩きつけられた。こめかみからは血がほとばしり、宗像の左顔面を染めている。

それでも、眼が眩《くら》んでいるのを振り払うように首を振り、よろめきながら立ち上がろうとしている。竜次はその胃の辺りを狙って、容赦なく靴先で蹴りを入れた。

靴はイタリア製サントーニの逸品だ。宗像はゲッと嘔吐しそうに呻いて、腹を抱えてフロアにブッ転んだ。

「どうだ、分かったかね」

ぐったりと横に倒れたままの宗像を見下ろして、竜次は静かに言った。

「プロの喧嘩というのは、こういうものだ。喧嘩慣れというかな？　君は空手が得意だ。しかし、空手はある程度の距離を保ってないと、威力を発揮しない。つまり、間合いが最も大事なんだ。身体を密着させられると攻撃力は半減してしまう。それに空手は、元来、護身のための武道で、攻撃が本来の目的ではないだろう？　常に、攻撃した瞬間に引きを意識し、守りを固めようと本能的に構えてしまう……ところが実際の喧嘩では、いつでも相手を叩きのめすまで攻撃の手を緩めてはいけないんだ。たとえこっちがどんなに痛めつけられても、余力がある限り、相手にそれ以上の打撃を与えることが、喧嘩に勝つ唯一の方法なのさ。例えば、相手がもう参ったと分かっていても、こういうふうに徹底的に痛めつけるのさ」

言うや否や、もう戦意喪失の宗像の鼻柱を、もう一度靴先で蹴りつけた。

鼻が砕けておびただしい血が噴き出し、顔中を真っ赤に染めた。宗像は仰向けにひっくり返って、後頭部をガツンと大理石のフロアに打ちつけた。既に意識を失いかけているらしく、かすかに息を弾ませているだけだ。

竜次は宗像の脇に片膝をついて、静かに言った。

「どうやら勝負はついたようだな。ただし、もし他の場所で違う誰かと、例えばヤクザ者とかと君みたいな青二才が腕試しをしようとしたら、この程度では済まないぜ。必ず片輪にされるか、殺されるかだ。これからはよくそのことを心得て、用心して掛かることだな。ご親切な忠告だろう？……さぁ、喋れるか。俺は今日、佐伯社長に会いに来た。何処にいる？」

かすれた低い声で途切れ途切れに宗像は答えた。

「このドアの、奥だ。いなけれ、ば、左側の、寝室だ」

「分かった。今度俺の邪魔をしたら、もう容赦はしないぜ。ゆっくり休め」

宗像はグッタリと目を閉じたまま、返事もできず、身動きする気力もなさそうだった。

金切り声を上げた例の中年女は、竜次が宗像と争っているうちに素早く何処かへ姿を消したらしく、辺りには見当たらなかった。

4

竜次は、玄関ホールの正面にある両側に開く扉に手を掛けた。鍵は掛かっておらず、五〇畳ほどの広さのリビングルームが目の前に現れた。

正面に大きなフレンチウインドウがあり、テラスへ抜けて広々とした緑の芝生の庭へ出られるようになっていて、その一角にはゴルフ練習用のネットが張られている。

リビングの右側の壁一面には、天井まで届く本棚やグラスの入った戸棚、それにワインキャビネットが並び、ホームバーが拵《こしら》えてある。床には薄紫色の毛足の長い絨毯が敷き詰められ、その上にゆったりとしたソファセットが二組置かれていた。

フレンチウインドウ側に寄ったところに、長方形のロココ調のマホガニーのテーブルがあり、周りに何脚もの椅子が並べられている。ここで今日、さっき聞いたその重要な会議が開かれるのだろう。天井からはクリスタルのシャンデリアが下がり、寛いだ雰囲気の晩餐会ぐらいできそうだ。

広いリビングはシーンとしていて人のいる気配はなく、エアコンが効いてひんやりと冷えている。気持ちがいい。

竜次は左側のドアをノックした。数秒間——、今度はもう少し大きくノックを四回。

「誰だァ?」

くぐもったようなダミ声が聞えた。竜次は声を張った。

「佐伯社長さんですかァ? 倉嶋探偵事務所と申します。今日、着手金をお振込み頂いたそうで……」

何か家具にドタンドタンとブチ当たるような物音がした後、キィーと軋んでドアが開いた。

パジャマの上にローズ色の絹のガウンを羽織り肥満した大男が、左手にブランデーグラス、口に太い葉巻を咥えて、開け放ったドアにもたれ掛かった。

ガウンに覆われた巨大な贅肉《ぜいにく》の塊は、かつて骨太のがっしりした体格であったろうことが想像できた。

「倉嶋ァ？……亜里沙が言ってた男か！　宗像には会わなかったのか？」

ロレツの回らない酒臭い息と、キューバ産葉巻の甘い香りがミックスされて、さすがの竜次も顔をしかめた。

「宗像君なら玄関で寝てますよ」

「ナニッ、寝てる？　フーン。まぁ、こっちへ来て座れ」

よろけながら竜次の前を横切り、庭を見渡せるソファにドサッともたれ込んだ。

竜次も、佐伯の右斜め前にあるソファに腰を下ろす。

庭には二頭のドーベルマンが放し飼いにされていて、主を見つけて嬉しいのだろう、ガラスに飛びついて爪をガリガリやっている。

「フーン。宗像を寝かせたってェ？　貴様がかッ！」

まさに酒乱だ。眼が据わり、血走っている。娘の亜里沙が、酒を飲む男を嫌う理由が分かった気がした。

頬の肉はたるんで二重顎になり、何処となくブルドックに似ている。亜里沙とは似ても似つかない、まさに、鳶《とび》が鷹《たか》を生んだのだ。荒っぽい仕草でテーブルの上の内線電話を取り上げ、短気そうにボタンをプッシュする。

数秒後――。

「遅いッ、オイ、貞子、酒を用意しろ。チョッと待て、君は何を飲む？　何が好きなんだ？」

頭がグラグラ揺れて、血管が浮き出た眼が竜次をねめ付けている。

「できたらバーボンを――ワイルドターキーの十三年モノをロックで」

「バーボン？　原料はトウモロコシだろ、あれは。鶏の餌だな」

以前、そう言って馬鹿にした組織暴力団東誠会の稲葉剛造というヤクザの親玉がいたが、今や無期懲役で獄に繋がれている。直ぐ顔色が赤くなったり青くなったりするので、ターキー（七面鳥）とからかってやったが……、コイツも飲んでる酒で人を差別するのか？

（俺は好みがキツイのだ）

「私は陽《ひ》のあるうちは飲まん主義なんですが、初対面だし、お近付きの印にご相伴《しょうばん》させて頂きます。一緒に酒を飲むと、大体その人が分かりますからね」

「分かったようなことを吐《ぬ》かすな、若造が！　よしッ、オイ貞子、ワイルドターキーとかいうトウモドコシの酒はあるか？　用意しろ。あっ、そでから、富士代はろうした？　直ぐ顔をらせ」

ダ行とラ行が完全におかしくなっている。チョッと受話器に耳を澄ませていたが、喚き出した。

「ナニッ、具合が悪くて休んでいるゥ？　叩き起こせ！　直ぐ来させろ」

ツバを飛ばして喚き、受話器を叩きつけ、酒乱の面目躍如だ。

その時、壁に掛かったイタリア製だろうアンティークの掛け時計が午後四時を告げたのとほぼ同時に、ピンポーンと玄関チャイムが――。

佐伯剛史はソファにふんぞり返って、不機嫌そうに太い吐息をつき、ブランデーをグビグビと呷った。蒸気機関車のように、鼻から口から葉巻の煙を吐き出している。

間もなく遠慮気味なノックの音が――。

「入れえッ」

ご主君《しゅくん》の喚き声だ。

振り向くと、ドアを開けたところに女が立っている。さっきの家政婦か女教師に見えた、貞子だろう、氷のように冷たい低い声で答えた。

「お出でになりました。三星《みつぼし》銀行大山支店長様と営業本部長様、それと本社の専務と部長がお揃いでございます」

「入れェ～」

再び唸る。

直ぐに貞子に案内されて、四人の男たちが部屋へ入って来た。全員しかつめらしいスーツにネクタイ姿だ。一人がジュラルミン製の中型ケースを抱えている。

「どうぞ、こちらに。お飲み物は冷たいお茶で宜しゅうございますか?」

「ハァ、何でも結構でございます」

頭の禿げ上がった六十歳くらいに見える小男が、恐縮してハンカチで額を拭きながら佐伯の左側に、距離を取って腰を下ろした。

他の三人も右へ倣《なら》えだ。

いや一人だけ、一番若く見える男が佐伯の直ぐ隣に座した。

貞子がワインキャビネットの前のホームバーで、何やらカチャカチャやっている。

「お父さん。社長。この方はどなたですか？ 同席させても宜しいんですか？」

佐伯の隣に腰掛けた三十歳くらいだろう、髪を七三に分けた金縁メガネの鶴のように痩せ細った男が神経質そうに佐伯剛史に訊いた。

食われる寸前の豚のような太っちょと、痩せ細った鶴、これが実の親子かと疑いたくなった。

「いいんラ。倉嶋という探偵ラよ。警察には頼めんラろうが」

「しかし……」

まだその若い男は、竜次をチラチラと疑い深げに見て気にしている。

「黙れッ！ 俊彦ッ、貴様、俺に逆らうのか！」

この息子が、サエキ製薬専務取締役なのかと納得した。

突然、竜次の耳元で氷の声が囁いた。

「恐れ入ります、トウモロコシが原料のバーボンというお酒はございません。何か他のものでは……?」

耳ざとく聞きとがめた酒乱が喚いた。

「ナニーッ、ない? 直ぐ酒屋に届けさせろォ」

「いや社長、私は何でも結構です。ウイスキーをください、ロックで」

竜次が取り成すように言った。

「はい只今。皆様にはお茶を、直ぐお持ち致します」

貞子がそそくさと消えた。

「オイ探偵ッ、こデを見てくれ」

そう言うと、剛史はガウンのポケットから無造作に折り畳んだ紙切れをテーブルの上に放り出した。

「失礼します」

と竜次が取り上げて開く。

そのA4サイズのコピー紙には、新聞紙から切り取ったらしい大小さまざまな大きさの印刷文字が貼り付けてあった。

『娘　の命が大事だったら、使い古した札で五千　万円　今晩　十二時、港の見える丘公園まで一人で持って来い。警察には言うな。言ったら娘は殺す』

「ウーム」

竜次は背をソファにもたれて、顎の傷を撫で擦った。

「三星銀行関内《かんない》支店長大山でございます。見せて頂けますか?」

正面に座った頭がきれいに禿げた小男が、手を差し出した。

「あっ、どうぞ」

竜次が腰を浮かせて手渡すと、三人の男たちが首を伸ばして覗き込み、部屋が静寂に包まれた。

俊彦と呼ばれた長男、専務がその紙をむしり取り、怒ったような顔で睨みつけている。

その時ドアが開き、一人の女が入って来た。薄紫色の絽の着物を着た四十半ばに見える美しい女性が、盆に水玉の浮いた涼しげなグラスを四つ載せて楚々と歩いて来て、客たちのテーブル前に跪《ひざまず》いた。

「いらっしゃいませ」

とグラスを並べる。その声は細く弱々しい。

「そこに座ってろ」

横暴な主人がソファの端を指し示した。

「はい」

従順な羊の如く、言われた通り竜次の座るソファの右端に腰を下ろした。

氷の女が琥珀色のロックグラスをトレイに載せて現れ、竜次の前にコースターとグラスを置く。

「あいにく、シーバスリーガルロイヤルサルートしかございません。宜しゅうございますか？」

謙遜しているんだろうが、貞子には似合わない。

「何を仰る、最高級のスコッチじゃないですか、初めて頂きますよ」

竜次はお愛想ではなく本気で言って、ゴクッと一口。

「さすがですねェ」

そのコクの深みにグラスを掲げ見て、感心して首を捻った。

「気に入ったかァ、ウップ、じゃ、始めるぞ」

佐伯は下品なゲップをして、貞子に命令する。

「オイ貞子ッ、俺にお代わりだ」

空のグラスをテーブルに置いて身を乗り出し、皆の顔を見渡した。直ぐさま貞子がヘネシーリシャールのブランデーを注ぐ。

ここでは王侯貴族の生活が普通なのだろうか、と竜次は思った。羨ましくはなかった。

「どう思う、今朝、ポストに投げ込まれてたんだ。これは営利誘拐というやつか？」

佐伯の頭がグラグラ揺れて、竜次に焦点を合わせようとしている。

葉巻の煙がまともに吹き付けられた。それを掌で振り払って、自分の煙草に火を点ける。

「ええ、多分……身代金を要求してますしね、それも古い札で。それと、この新聞記事の文字の切り抜きは筆跡を知られぬためでしょう」

「フム、どうだ支店長、五千万、用意できたのかァ？」

佐伯が大山支店長をねめ付ける。

「ハイ、行員一同手分け致しまして、使用済みの札で何とか……」

禿げ頭に大粒の汗を浮かべて、傍らのジュラルミンケースを指し示した。

「お父さん、社長。これは計画的な誘拐ですかね、それとも、誘拐した後でウチと分かってこんな金を要求してきたんじゃないんですかねェ？」

鶴のように痩せた長男専務の声は、発情期に雌に交尾を迫って鳴く雄鶴の甲高い耳障りな声そっくりだ。

突然、ソファの隅に腰掛けた富士代と呼ばれた奥さんだろう女性が、顔を覆って泣き出した。声を殺しても肩が震えている。

「富士代ッ、泣くな！　お前の娘を助けようと、こうして会議を開いてるんラど。有り難く思えッ！」

酒乱、ここにあり、だ。

「お前の娘って、あなた……」

さすがに富士代も、泣き顔をキッと上げて佐伯に精一杯の抗議の意思を示した。

「そうラッ、俺の娘でもある、当たり前ラッ！　亜里沙と分け隔てなロ、してないどォ」

怒鳴る声と同時に両開きドアが大きく開き、学校帰りらしいセーラー服姿の亜里沙が飛び込んで来た。

昨日とは違って、今日は薄化粧をしている。

大勢の人間が一斉に振り返って見たので、一瞬、「アッ」と口が開いて立ち竦んだが、直ぐに立ち直り、「いらっしゃいませ」とお辞儀をして、父親、佐伯剛史に足早に近付き詰問した。

「お父様、小枝子お姉様はどうなの？　大丈夫なの？」

今にも泣きそうだ。竜次は昨日の事務所での、亜里沙の黒い瞳から湧き出た涙を思い出した。

「だから、今その対策を練っているんラ。お前はあっちへ行ってなさい」

「いいえ、私もここにいます。お母様と一緒に」

そう言って、まだ泣きじゃくる母、富士代の肩を抱いてソファに腰掛けた。

竜次は視線を感じて、右側の亜里沙に眼をやった。

「倉嶋さん、あなたもう……、今日直ぐに……」

　ビックリ顔で目を見開いている。

「ええ、頼まれたからには……、引き受けたからには善は急げですよ」

　ニッコリと笑ってやった。

「亜里沙が何で、この男を知ってるんだ！」

　兄の俊彦がまた、鶴の交尾を迫る声で怒鳴った。

「私が昨日、新宿までお願いに伺ったのよ。だから今日、こうして直ぐに」

「出しゃばるなッ！　お前の出る幕か！　大金が懸かってるんだぞ」

　吊り上がった眼で喚く癇癪《かんしゃく》持ちらしい性格は、父親似の争えない血の繋がりか？　外見は全く似ていないが、性格は瓜二つだ。

「お兄様は日頃から小枝子お姉様を嫌って、苛めてたじゃない。だから私」

「亜里沙ッ、お前は兄に向かってよくも……」

　顔色が真っ青に変わっている。こいつも七面鳥だ。

「俊彦さん、お願い……」

　富士代が泣き声を上げた。

「うるさぁいッ！　家族の恥を晒すなッ！」

　突然、佐伯剛史が立ち上がり、手に持つグラスをテーブルに叩きつけた。

グラスが割れ、酒が飛び散った。クリスタルガラスの破片が大山支店長に突き刺さり、悲鳴を上げて頬を押さえた。ひと筋、血が滴り落ちている。

皆、身をすくめて暴君佐伯を見つめ、身体を強張らせている。

「佐伯社長、あなたは製薬会社の社長でしょ？　酒乱を治す薬は製造してないんですか。早く売り出したらいい」

竜次は言わずにはいられなかった。

「貴様ァ、誰に向かって……宗像を呼べェ～、貞子、宗像は何処だ？」

ホームバーの横に悄然《しょうぜん》と佇む貞子が、伏目がちにおずおずと答えた。

「はい、この方にさっきヤラレて、寝ております」

「……本当ラったんだな」

唇の端から唸るように言って、そして喚いた。

「いいから連れて来いッ。あいつに、この金を持って行かせるんラッ！」

有無を言わせぬ強引さで、宗像を呼びに行くよう命じて貞子を追い払った。

「いや社長、それは私の役目でしょう。先程加賀町署の友人の刑事から聞いたんですがね、この一週間で三人の若い女性の失踪届けが出ているそうですよ。関連があるかも知れません。これから加賀町署へ戻って、その後の捜査経過がどうなってるか探ってきましょう」

そう言って、竜次が立ち上がった。

その時――。

ドアが開いて、世にも無惨な姿で宗像が現れた。

砕かれた鼻柱と皮膚の裂けた左こめかみは包帯でグルグル巻きにされて、片目だけ覗かせている。多分、貞子が手当てしたのだろう。しかし、その血がにじんだ包帯の顔は既に紫色に腫れ上がって、敗残者そのものだ。

「何だ、そのザマはァ！」

佐伯剛史がヌゥ～と立ち上がりながら、信じられぬものを見たように驚きの声を上げた。亜里沙も、母の富士代も、長男の俊彦も、茫然と立ち上がった。こんな情けない無様《ぶざま》な宗像の姿を見るのは、家族全員初めてなのだろう。

「じゃ、チョッと加賀町署へ顔を出して、また戻って参ります。警察にはこのまま公開捜査にはしないよう釘を刺しときます。そのほうがいいんですよね。あっ、この脅迫状はチョッとお借りします。では。……オイシイお酒をご馳走様でした」

部屋中がシーンとして、全員が竜次に瞠目《どうもく》していた。

ドアのところですれ違った宗像は、眼を合わせようともしない。後ろに立つ貞子は、憎々しげな視線で睨んでいた。その貞子にニッコリ笑いかけて、すれ違った。

後ろからバタバタと足音がして、亜里沙が玄関まで追って来た。スリッパを靴に履き替えている竜次に恐々《こわごわ》と声を掛けてきた。

「倉嶋さんて……あんな酷いことなさるんですか？」

「なさらなきゃ、僕が酷いことになってた。男の戦いなんて、あんなもんですよ」

「でも、宗像さんて強いんですよォ～！」

「でも僕のほうが強かった……彼が人間を相手に戦ったトコロを見たことがあるんですか、今まで？」

「……」

亜里沙は黙ってしまったが、急にこんなことを訊いてきた。

「倉嶋さんて、ハンサムですねェ、周りの人にそう言われるでしょ？」

この娘はいつも突然、こちらが予期しないことを口走る。お酒は飲みますか？ とか、煙草は？ とか……。竜次はチョッと慌てて、口ごもった。

靴べらを返しながらツイと手を伸ばし、彼女の縁無しメガネを外した。亜里沙は本能的に後ろに身を引いたが、よろけた。竜次は咄嗟《とっさ》に腕を伸ばして亜里沙の身体を支え、三〇センチの距離で見合った。

昨日のスッピンとは違って、今日は眉を引きアイラインを描き、唇にもピンク色の紅をさしていた。

「スッピンでもきれいだけど、メガネを外してチョッとお化粧したら、もっときれいになったね。そう言われるでしょ、みんなに」

亜里沙は、女姓が本能的に備えている蠱惑《こわく》的な微笑をふっと唇の端に浮かべて、抱えられた竜次の胸を押して離れた。

「倉嶋さんて、怖い人ですね」

うつむいて亜里沙は呟いた。

「まぁ、そう怖がらずに。……お姉さんを取り返しましょう。じゃ後ほど」

玄関ドアを出たところで、ふと竜次は振り返った。

内ポケットから二つ折りにした封筒を取り出し、亜里沙に差し出しながら言った。

「昨日の手付金はお返ししときます。お父上から着手金がそっくり振り込まれましたからね」

受け取ることを拒絶するような亜里沙の手の中に封筒を押し込み、「じゃ」と背を向け歩き出すと、後ろ姿のまま言った。

「でも、依頼主はあなたですよ」

亜里沙がどんな顔をしたかは知らない。

玄関前のスロープを下りながら横浜港に目をやると、まだ夕景の海は陽にキラキラと輝いて、雲は茜色に染まり、今ここで見た佐伯家のどろどろした家族の嫌な出来事を忘れさせてくれた。

5

加賀町署、刑事部屋――。

竜次は滝本警部補と並んで、パソコンモニターの前に座っていた。届出のあった三件の行方不明事件のうち二件は、その誘拐現場が防犯カメラに映っていたそうだ。そのテープを見せてもらうのだ。

既に捜査本部が立ち上がり、この三件は公開捜査に踏み切ったそうだ。

九月八日夜、一週間前、山下公園から大桟橋《おおさんばし》埠頭《ふとう》へ向かう大通りだ。若い女性を一〇メートルほどゆっくりと追い越して歩道寄りに停車した車のフロントウインドウから頭が出て、前方を指差して何か訊く様子。女性が近付き、腰をかがめて指差し教えている。突然、後部ドアが開いて男が一人飛び出し、振り返る女性の首に手刀一閃。クタッと倒れ掛かる女性を抱えて後部座席に押し込み、ドアを閉めると同時に急発進――。数秒の早業の拉致誘拐だ。

もう一件は五日前、元町から本牧《ほんもく》への通りだそうだ。土地勘のない竜次に滝本が説明してくれる。

二人の女学生が後ろ姿で歩いて行く。前方からゆっくり走って来た車がUターンして女学生たちに並ぶと、前後のドアが開いて二人の男が飛び出し、一人の女の子を殴り飛ばし、立ち竦むもう一人の腹に拳を一発、グタッとなるのを一人が肩に担ぎ、後部座席に放り込むと猛スピードで逃走――。何とも荒っぽい大胆不敵な拉致誘拐だ。

車はいずれも盗難車であったそうだ。画像が不鮮明なため、人物を特定できるところまではいかない。この両事件はメディアにも公開され、社会にセンセーションを巻き起こしている。若い女性を持つ家庭では、戦々恐々として震え上がっている状況だ。

深夜でも女性が一人歩きできる安全な国と世界的評価を受けている我が日本、自動販売機がポツンと一台置かれていても、破壊されて売上金が強奪されることもない。ロスのスラム街やブラジルのリオでは考えられないことなのだ。安全に慣れすぎてしまったのか、市民は？

今度の誘拐事件は、眼を付けたら否応なく暴力で屈服させ連れ去ってしまう。それも、十五歳から二十歳くらいまでの美女ばかりだ。しかし、何処の家にも身代金要求はないという。三日前の、防犯カメラのテープの存在しないもう一件も要求なし。ストーカーのように以前から付け狙っての犯行でもない。突発的に、それも美女ばかりをターゲットにした誘拐だ。

竜次の脳がフル回転した。

何故だ？

何故、佐伯家だけ五千万円という身代金の要求があったのか？

誘拐した後で大富豪の娘であることが分かって、金を要求したのか？

他の三件とは同一犯ではないのか？

そして、女性への首筋への手刀、腹への拳の突き技——武道の心得がある。空手か？　それとも……。

竜次が佐伯家を訪問中に『女性拉致誘拐事件捜査本部』が加賀町署に立ち上がったらしい。滝本浩介警部補が、本部の山崎誠一郎刑事課長を紹介してくれた。未公開捜査を条件に例の脅迫状を見せると、捜査陣は色めき立った。しかし公《おおやけ》にはできない。人命第一。これが交換条件なのだ。

身代金と被害者の交換は、今夜十二時に迫っており、『警察には言うな』と釘を刺されている。『……一人で持って来い』とあるから、この役目は佐伯家から直接依頼された私立探偵の自分が行くより仕方がないという主張を押し通したが、さて、その時に捜査陣が周囲に張り込んでいいものかどうか？『……警察に知らせたら娘の命はない』——これが枷《かせ》となって動きが取れない。犯人に決して気付かれてはならないのだ。まず一番は被害者の命だ。

午後六時、クリーニング店の配達車を装って、山崎刑事課長、滝本警部補、それに鑑識課から二名、竜次も同乗し佐伯家へ戻った。

既に、三星銀行支店長と営業本部長、サエキ製薬の部長の姿はなかった。

家族全員の指紋採取、それと貞子と宗像、先程脅迫状に手を触れたと思われる銀行関係者とサエキ製薬営業部長にも捜査員が走った。

既に〈港の見える丘公園〉周辺には、カップルの観光客やホームレスに変装した刑事たちが細心の注意を払って、犯人に気付かれぬよう張り込んでいるという。

あの豪勢なリビングルームが捜査会議本部と化した。

相変わらず酒乱癖を隠そうともしない当主、佐伯剛史、妻富士代、長男俊彦専務、妹亜里沙、使用人の家政婦貞子、運転手兼書生の宗像昇――佐伯家側六人、そして竜次。山崎刑事課長、滝本警部補が前に座り、事情聴取が行われた。

相も変らずロレツの回らない舌で、ご主人様が大声でのたまう。

「いいか、警察はレッタイ（絶対）手をラ（だ）すなッ。金はもう用意してあるんラ。まずは小枝子を取り返すことが一番ラ。代理人は、この宗像。宗像が身代金を持って、小枝子と交換して来るんラ。分かったか！」

「いや社長、その役はこの僕でしょう」

竜次が言った。

「そんなゾンビみたいな姿で、犯人の前へ金持って出て行くんですか？」

傍らに立つ宗像の握り拳が白く骨ばった。包帯の間から覗く片目が据わって、宙空を睨んでいる。

「オイ探偵さん、よくもここまで痛めつけられるものラな」

と雇い主の佐伯社長。

「いやぁたまたま、僕にツキがあっただけですよ。全力を出さなければ私がこうなっていました……」

竜次は謙遜した。

滝本警部補は数時間前まで竜次と一緒だったので、別れた後にこうなったのかと眼を丸くして、竜次と宗像を見比べている。

「よし、車は宗像が運転しろ。あとは探偵さん、あんたに任せた。身代金は渡してもいい。だがレッタイ、小枝子は取りもロして来い」

「分かりました。ゼッタイに！」

竜次は力強く頷いた。皆の信頼を勝ち得たかどうか……？

「貞子ッ、酒ラァ！」

家政婦が飛んで去った。

二人の刑事が「では」と立ち上がると同時に、待っていたように電話が鳴った。

一瞬皆、凍りついたように電話機を見つめる。

サッと亜里沙が手を伸ばして、子機をすくい上げた。

「はい、佐伯でございます」

落ち着いた声で応じると、立ったまま暫く耳を澄ませて相手の話を聞いている。

「はい、用意できております、ええ、使用済みのお札で……黒色のスポーツバッグに入れるんですね。右手奥の噴水の前で……ハイ、十二時ですね？」

そこまで言い終えると突然、亜里沙の声音が変わり、激情がほとばしり出た。

「姉は元気なんでしょうね！　キチンと返してくれるんですね？　もしもし、もしもし……」

受話器を両手で握り締め、急き込んで訊く。

「代わろう」

そう言って竜次が手を伸ばそうとした時、亜里沙の手から子機がすべり落ちた。

「切れたわ」

亜里沙は呟いて、ガックリとソファに腰を落とした。

「内容は聞いていて分かりました。その他、何か気が付いたことはありますか」

竜次が覗き込み、励ますようにして訊く。

「言葉が、日本語がたどたどしかったです。若い声でした……」

山崎刑事課長、滝本、竜次の三人の眼がキラキラッと絡み合った。

「中国人か？　韓国人……？」

と山崎課長。

「いいえ、中国人だと思います。南京町《なんきんまち》のレストランでよく耳にしてます」

亜里沙がキッパリ言った。滝本が呟いた。

「奴らなら、この荒っぽい手口も納得できる」

竜次の脳裏には何ヶ月か前の香港マフィアの殺し屋、龍徳祥《りゅうとくしょう》との死闘が鮮やかに蘇った。恐ろしい空手使いだった……。

龍頭――ドラゴンヘッドと呼ばれる香港を拠点とした世界的な組織暴力団だ。ギャンブル、ゆすり、高利貸し、ポン引き、貨幣の偽造、ヘロイン・アヘン（阿片）の売買、臓器売買、殺人、――そして、誘拐、売春組織への人身売買――ありとあらゆる悪事に手を染める恐るべき犯罪集団なのだ。

平成二十八年（二〇一六）二月にも、東シナ海の海上で日本漁船とマレーシア船籍の貨物船が落ち合い、指定暴力団、神戸Y組の幹部ら四人が末端価格七〇億円、覚醒剤一〇〇キロの密輸事件で摘発されたばかりだ。徳之島に接岸した漁船から軽自動車に積み替えられ、フェリーで鹿児島港へ。

その場で摘発逮捕されたが――でなければ、若者層に主婦層に、日本中に拡散し、そして中毒者が蔓延していくわけだ。

在日中国人三世の活動も目立つ。高級車泥棒、宝石店での押し込み強奪、振り込め詐欺など。

彼らは〈怒羅権《ドラゴン》〉――憤懣と団結と諸権利を象徴する漢字名、北京語なら〈ヌラチュン〉と発音し、英語名〈ドラゴン〉として、日本の暴力団Y組、S会、I会、K会などと結託して暴利を稼いでいるのだ。

（また彼らを相手にするのか）

亜里沙の『……たどたどしい日本語』という言葉を聞いて、竜次は闘争心に火が付いた。

そしてここ横浜中華街は、世界最大の華僑《かきょう》のチャイナタウンなのだ。そのお膝元を管轄するのが加賀町署だ。山崎刑事課長、滝本警部補にとっても足元から火が付いたのだ、加賀町署の威信を懸けての捜査となろう。

佐伯家を訪問した時に乗って来たクリーニング店の車は鑑識関係が乗って帰ってしまったので、そうそう大の男たちの慌《あわ》ただしい出入りを見せてはいけない。極秘裏に事を運ばねばということで、今晩は佐伯剛史の許可を得てこの佐伯家を本部とした。

ここで指揮を執ることに決めた山崎刑事課長は、応接ソファとは離れたマホガニーのテーブルに受信機を設置し、コードレスマイクで声を潜めて指令を飛ばしている。

指定された港の見える丘公園は、佐伯家とも目と鼻の先だ。徒歩でも五、六分――カップルの夜のデートスポットとして人気を集め、時間制限がないから周りに人は多い。果たして犯人はこんな人目の多い場所で、身代金との交換を本当に敢行するつもりなのか。

山崎刑事課長が当主の佐伯剛史を口説き落とした。

「お嬢さんの命に関わるようなヘマは絶対やりません。距離を充分にとって変装した捜査官を配し、約一万七千坪、五ヶ所の出入り口を覆面パトカーで固め、蟻の這い出る隙間もない捜査網を敷きます。お嬢さんが犯人の手にあるうちは、決して手は出しません。無事身代金との交換が済んだら、直ちに行動を起こし押さえます。信用してください」

昼間から酒を飲み続ける酒乱は、ただ「う～ッ、う～ッ」と唸るばかりだ。

時間だ。運転手の宗像が車を用意しに、部屋を出て行った。

その血のにじんだ包帯だらけの顔を見て、さすがに竜次も（チョッとやりすぎたかな）と後悔したほどだ。

ジュラルミンケースの身代金五千万円は、先程、ボトム型の黒のスポーツバッグに入れ替えた。竜次のジャケットの衿裏にはピンマイクが仕込まれて、準備万端。あとは無事に交換を終えて、人質の小枝子を奪還するのみだ。

黒バッグを提げて立ち上がった竜次を、皆が見つめている。亜里沙が祈るように両手を握り締めている。縋るような涙目が気になった。

竜次は皆に黙って一礼し、部屋を出た。玄関を出ると車寄せには思った通り、イギリスの名車、銀色のロールスロイスが横付けされていた。

宗像がグレー色の運転手の制服に身を固め制帽を被っているが、その帽子の下は包帯でグルグル巻き、正に仮装したゾンビだ。

玄関のドア口まで見送りに来た母の富士代と、その肩を抱く亜里沙。必死の形相の二人に竜次は黙って頷き、「さ、行こう」と後部座席から宗像の背に声を掛けた。

ゆっくりと発進したロールスがスロープを下ると、高さ三メートルの両開きになった鈍色《にびいろ》の鉄門がオートで開いた。右にハンドルを切って、一路、港の見える丘公園へ――一分要したかどうかの近さだった。

正面入り口に一七台分の小さな駐車場があった。時間も遅いせいかスペースがあったので、そこへ駐車させる。

駐車場に宗像を待たせ、バッグをぶら提げて公園の中へ。正面の展望台へ行ってみる。青く輝くライトアップされた横浜ベイブリッジが真正面に、眼下に横浜港が広がり眺望は見事だ――。

終日無料開放されているので、特に台風一過の晴天の一日だった今日は、カップルもまだ多い。右側がバラ園、その前が噴水だ。腕時計は一二時五分前――。

周囲にそれらしき張り込み捜査員のカップル、竜次には直ぐに見抜けた。奴らには勘付かれぬように、と願うのみだ。

突然――。

右側の、外灯の届かぬ薄暗い場所のベンチから、女性を真ん中に挟んで三人の人影が立ち上がった。

「いたッ」

唇を動かさぬように囁いた。竜次の上着の衿裏に仕込んだピンマイクが声を拾って本部には届いている筈だ。

竜次からゆっくりと歩み寄った。

「止まれッ」

中肉中背の口髭を生やした男が、抑えた語調で言った。

やはり、妙な中国訛りだ。

二人の男はシャツもズボンも黒ずくめだった。竜次は四、五メートルの距離を空けて立ち止まった。

二人の男の間に挟まれた、ほっそりした身体に白ブラウスにブルーのカーディガン、紺色のミニスカート、典型的な女子学生姿――。

「そのバッグが金か？」

（これが小枝子か？）

もう一人の背の低い小男が、押し殺した声で訊く。やはり中国訛りだ。

「その人が佐伯小枝子さんか？　顔を見せてくれ」

亜里沙から預った写真で、小枝子の顔は脳に叩き込んである。うな垂れた髪の毛を乱暴に掴んでグイと引っ張り上げ、懐中電灯で顔を照らす。まさしく小枝子だ。

憔悴《しょうすい》し切って青白い顔だった。しかし美しさは失われていない。元気付けようと早口で言った。

「倉嶋と言います。妹の亜里沙さんから頼まれて助けに来ましたよ」

小枝子の瞳の奥に炎が燃えた。縋りつきたいような微かな希望の火が燃えたのを、竜次は確かに見た――。

「喋るな！　金を見せろ」

懐中電灯の光が竜次に向けられ、小男が歩み寄る。

バッグを下ろすと、しゃがみ込んでジッパーを開け、手を突っ込み確認している。

小枝子はジッと竜次の眼を見て放さない。

竜次も何もできず見返すだけだ。手の届く所にいるのに手が出せないこのジレンマ……。

小男が小枝子の腕を掴んでいた中肉中背の口髭男を振り返って、中国語で何か言った。口髭男が言った。

「よし。ここでは交換は中止だ。フン、その辺におまわりさんが一杯いるみたいだからな。車でついて来い」

小枝子の腕を取って歩き出す。

見えぬ反対の手には拳銃か、ナイフが隠されている？

――やはり張り込みは見破られていたのだ。

この取引はこのまま続けられるのか？　竜次は身代金のバッグを提げ、後に続いた。

足元が覚束《おぼつか》ない小枝子を真ん中に、両側から腕を掴んで平然と二人の男は正面出口へ向かう。ロールスロイスの前には、心配なのだろう宗像が立って見守っていた。

奴らには佐伯家の車と運転手ということが既に分かっているのだろう、通り過ぎながら宗像に「付いて来い」と顎をしゃくって、道路脇に停めた黒の軽ワゴン車に乗り込んだ。

竜次はロールスに乗り込みながら、「移動するぞ。奴らの車のナンバーは、横浜さ×××……」とマイクに囁く。張り込み班からも報告は入っていることだろう。

耳に仕込んだイヤフォンから、全覆面パトカーに指令が飛ぶ。

「全車、付かず離れず追尾しろ。無事交換が終了したら直ちに犯人確保だ」

意気込む山崎刑事課長の声が耳に響く。

手に汗握ってスピーカーの周りに集まっているであろう佐伯家の人々の顔が目に浮かぶ。

土地勘がない竜次には何処を走っているのか分からないので、宗像にナビゲートさせた。

「今、何処を走ってる？　何処へ向かってる？」

質問の嵐だ。

「今、元町公園からインターナショナルスクールを過ぎて妙香寺《みょうこうじ》前。本牧方面へ向かってる」

宗像が大声を上げる。深夜の一本道を、ロールスを先頭に五台の覆面パトカーが一列縦隊では、目立って仕方がない。犯人たちはせせら笑っていることだろう。しかし彼らは身代金と人質を交換した後、無事逃走できると思っているのだろうか？

──千代崎町、上野町と住宅地が立て込んできた。

突然、一〇メートル先を走る軽ワゴン車が、細い一方通行の路地に突っ込んで曲がって行った。ロールスロイスでは幅が狭すぎて入れない。道路を通せんぼするように横ざまに塞いで停車してしまった。

「宗像、遅れるな、突っ込め！」

逃げるワゴンを指差して怒鳴る竜次。

そこで気付くべきだった。

身代金と交換もしていないのに、奴らが逃走する筈はない、ということを──。

突如──。

左こめかみにガーンと衝撃が！　血が噴出した。

意識が薄れていく目の隅に、スパナが投げつけられ、後部座席に置いたスポーツバッグを掴み上げ、ドアを開けて駆け去る宗像の姿が、現《うつつ》か幻《まぼろし》か映った。

無意識に後を追おうと、竜次はドアを開け足を踏み出したが、膝に力が入らずアスファルトの上に転がり落ちた。その眼が、一〇メートルほど前に停車しているワゴン車に、バッグを手に乗り込む宗像の姿を捉えた。

「しっかりしろ。大丈夫か！」

誰かが竜次を抱え起こし、揺すっている。後続の警官の誰かだ。大丈夫なわけがない。

「金を盗られたァ、運転手だッ」

竜次の搾り出す声は我が声とは思えず、干からびてうわ言のようだった。

「車を退けろっ」

「ダメだァ、キィーがないッ」

「先回りしろ」

怒号が飛び交う中、竜次は真っ暗なトンネルに落ち込んでいった……。

第二章　誘拐

1

またヤラれた。

加賀町署に近い、みなとみらいにあるけいゆう病院で、スパナで割られたこめかみの裂傷を縫合手術――以前のドラゴンとの死闘でヤラレた古傷と同じ場所をまたヤラレたのだ。

竜次が徹底的に痛めつけた宗像に、今度はスパナという凶器で倍返しされた。

のみならず宗像の裏切りが判明した。五千万円の身代金を持って姿をくらましたのだ。佐伯家の家政婦貞子もその日のうちに姿を消した。

捜査の結果、二人は実の親子で、華僑《かきょう》在日三世、四世ということが明らかになった。

江戸川区葛西《かさい》で産声を上げた日本版チャイニーズ・マフィアは、中国本土とは違って不良少年や暴走族を中心に恐喝、窃盗、強盗団などの悪事に手を染め、悪知恵を駆使して日本社会に静かに浸透していった。

宗像も彼らの仲間として、その悪事に加担していたのだ。

彼らマフィアは日本の永住権を持っているので、その利点を生かして本国出身のマフィアより幅を利かせた。

振り込め詐欺《さぎ》の電話は中国本土から発信されているケースが多く、高齢者が泣きをみる社会現象として日本国中を席巻《せっけん》した。

一時は新宿歌舞伎町を『華武器町《かぶきちょう》』に変えたほど凶暴だったが、あらかたは強制送還されて、その勢力は弱まったかと思われていたのだが――。

またまた美女誘拐事件が立て続けに四件も発生し、人身売買、臓器売買などを疑う捜査員も多いのだ。

しかし、佐伯小枝子誘拐は営利誘拐の様相を呈して、ただ一件のみ身代金の要求があった。『一人で身代金を持って来い』との脅迫状の要求に、その交換に立ったのが佐伯家から依頼された竜次だったが、このザマだ。

念のため脳外科のＭＲＩ検査を行い、脳挫傷も陥没の症状も頭蓋骨のヒビも見られないということで、こめかみの縫合手術痕を隠す絆創膏を貼っただけで、包帯はみっともないと断った。

翌日の昼過ぎ、滝本警部補と連れ立って佐伯家へ出掛けた。

滝本は現状説明という警察の立場で同行してくれた。

早くも家政婦協会から回されて来た臨時の小川良枝という新人が貞子の代わりでいたが、あの暴君の前ではおそらく一日と持つまい。

広間に通されると、またも昼間から酒乱の佐伯剛史が両手をテーブルに広げて拳を握り締め、入って来た二人を睨みつけている。血走った眼は相変わらずだ。

「貴様ァ、よくも大口叩いて、『僕に任せてください』なんて言えたもんだな。どのツラ下げて顔を出した?」

「申し訳ありません。僕の命に代えても小枝子さんは取り戻してみせます」

「貴様のそんな安っぽい命などいらんわい！　金はくれてやる。しかし小枝子は何としても奪い返せェ！　分かったかッ」

ドンと握り拳でテーブルを殴った。グラスが跳ねた。

滝本が言った。

「社長、軽ワゴンはやはり盗難車でした。首都高速湾岸線の三渓園《さんけいえん》辺りの高速道路の高架下に乗り捨ててありました。そこから、また別の盗難車に乗り換えて逃走したんでしょう。しかしまさか、お宅のお抱え運転手が裏切り、彼らの仲間であったとは、思いも寄りませんでしたよ」

滝本が口添えしてくれた。

佐伯も図星を突かれたのか、悔しげに唸った。

「ウ～ム、あの宗像がなぁ」

「僕も言い訳になりますが……、宗像は昼間叩きのめした相手ですから恨みを買っていたかも知れませんが、こちらのお抱え運転手として信用し切っておりましたからねぇ。一方通行の細い路地に逃げ込んだ軽ワゴンに気を取られていた後ろから、スパナでガツンとは……防ぎようがありませんでした」

竜次も我ながらみっともない言い訳だなと歯噛みしながら、こめかみの縫合手術痕を撫でながら頭を下げざるを得なかった。

滝本が横から不思議そうに言った。

「でも何故、宗像が寝返ったんでしょうねェ。最初から奴らの仲間だったのか、それとも五千万という大金に目が眩《くら》んで宗像が手引きして誘拐し、営利誘拐とみせて身代金を要求したのか？ 他の三件は全く何の要求もありませんからねェ。ただの人攫《さら》いなのか……本国へ送って売春組織に売り渡すとか……だから、美女ばかり狙っている……」

部屋の中を静寂が支配した。

「ところで今日は、奥様と亜里沙さんは？」

竜次がふと顔を上げて、気になっていたことを口にした。

「女房は部屋に閉じ籠ってる。亜里沙は学校を休んで自分の部屋だろう……」

佐伯が唸るように言って、酒を呷った。

「社長、自分の失敗を棚に上げて言うのも気が引けますが、今度は亜里沙さんが狙われるかも知れません。くれぐれも気を付けて……」

「貴様ァ、まだ脅かすのかァ！　亜里沙にボディーガードでも付けろというのかァ！」

眼を剥いて竜次を睨みつけた。

「何とも言えません。味を占めた奴らが再び襲ってくるかも知れません。また身代金を稼げるかと……」

「ウ～ム」

佐伯は、顔を真っ赤にして唸っている。

滝本警部補が身を乗り出して訊いた。

「あの宗像を運転手として雇ったのは、どういういきさつで……何年前からですか？」

「ウ～ム。貞子の紹介でな、五年ほど前からだろう。空手もできるしな、用心棒を兼ねた使用人だった」

「宗像昇、本名は宗許果《しゅうきょか》、二十五歳、在日四世です。母親は林貞子、本名は林朱芳《りんしゅほう》、五十一歳、在日三世です」

滝本が手帳を見ながら、佐伯に説明した。

「だから、初めて僕がこちらへお邪魔した時、小枝子さんの名を出したら二人共妙な表情を浮かべたんだな、今思えば気になる反応でしたねェ」

竜次は目を細め顎の古傷を撫でながら、初対面の時を思い出して言った。

「兎《と》に角《かく》、何でもいい、小枝子を取り戻せッ。もう公開捜査でも構わん！」

「そうです。社長、何故最初は公開捜査を止《と》めたのですか？　小枝子さんの顔と名前の公表を禁じたんですか？」

滝本が突っ込んだ。

「うるさいッ、もうどうでもいい、そんなことは！　早く捜せ、取り戻して来い！　お前ら警察のメンツに懸けてな。オイ探偵、貴様にはもう金を振り込んだんだぞ！」

またブランデーグラスを叩き割りそうな雰囲気なので、早々に佐伯家を引き揚げることにした。

玄関でスリッパを履き替えていると、二階から螺旋《らせん》階段を亜里沙が駆け下りて来た。

泣き腫らした眼で「倉嶋さん！」と言った切り、見つめるだけ。

「亜里沙さん、済まない、あなたの期待を裏切ってしまった……軽はずみには言えないが、必ずお姉さんを取り戻すからね」

亜里沙は一九〇センチの巨漢の滝本と一八〇センチの竜次を見上げ、祈るように両手を握り締めた。

「笑っちゃうんだけど、幼い頃に姉とおママゴトしている夢を見たのよ。笑っちゃうでしょ？」

ニコリともせずに亜里沙は言った。

「亜里沙さん、何も言えません。頑張ります」

そう言って竜次は背を向けた。

玄関からスロープを歩きながら眼下に広がる横浜港は、今日も晴れ渡っている。横浜ベイブリッジや横浜マリンタワー、ヨットの帆の形を模したヨコハマ グランド インターコンチネンタル ホテルにコスモクロック21の大観覧車などが一望でき、思わず両手を一杯に伸ばして深呼吸したいくらいの気分になった……。

ハッと突然閃いた。

（深呼吸……？）

昨日深夜、身代金のバッグを手に、人質の佐伯小枝子に近付いた時、四、五メートル手前だったが、微かな中華料理の匂いを嗅いだのだ。

台風一過、風が強かったせいかも知れぬが、確かに小枝子や男二人の衣服からは独特の中華料理の香りが漂っていた。

（中華街が関係あるのか？）

滝本にその考えを伝えた。

「どう思う？」

「いいヒントですねェ。中国人グループが関わっているんだから、そっちの線を洗ってみましょう。山崎課長にも進言してみますよ。突破口が見えるといいんですがねぇ。なるほどォ、中華街かァ……」

「滝さん、一度新宿の我が家へ帰ってきますよ。こっちへ泊まり込みのつもりで、着替えも揃えてね」

ケータイでヨッコに簡単に説明した。だが、怪我のことは黙っていた。

滝本と別れたその足で、石川町駅からＪＲ京浜東北線で品川へ。山手線に乗り換えて新宿まで、あとはタクシーで牛込警察署の兄隆康の元へ――。

2

牛込警察署、署長室――。

応接セットで隆康と向かい合った。

「人身売買・臓器売買が頻発している中国では、二〇一八年に摘発された事件だけでも五千件余りあるんだが、氷山の一角だろうな。毎年二〇万件もの児童誘拐事件が起きているとされるが、統計では行方が分かって取り戻せたケースは一パーセント程度しかないそうだ。子供たちの臓器売買は貧困層の農村部では当たり前のことなんだ。今回の事件は十五歳から二十歳くらいまでの若い女性が主な誘拐対象だから、性奴隷が目的の女性誘拐だろうな。知ってるか竜次、中国の人身売買は何世紀も前からなんだぞ。それと性に対する貪欲さ、残虐さは想像を絶するなァ～。いいか……」

博識な隆康の講義が始まった。

千年ほど前から始まった中国だけの風習で、纏足《てんそく》という奇習がある。

女性の足は小さければ小さいほど良いという価値観で、三、四歳くらいから行われるそうだ。それ以上歳を経ると骨が硬くなってしまうので、成長を止めてしまうのだ。

長さ一〇メートル、幅一〇センチほどの布で、キリキリに巻き、巻き終わったら針と糸で布を縫いつけて固定する。両足共だ。

何故そんなことをするのか……。一番の目的はセックスだ。

纏足は歩く時にバランスを取りにくいため、内股の筋肉と女性器が発達するのだ。また、小さい足でヨチヨチ歩くサマが、男性にとって大変愛らしいものだったそうだ。

夜も靴を脱がずに寝る。女性も纏足靴を履いていない足を見られるほうがずっと恥ずかしかったそうだ。

隠されたものは見たくなるのが人間の性――纏足は当時の中国人にとって最高にエロティックな部分だったのだ。理想的な纏足は〈三寸金蓮《さんずんきんれん》〉と呼ばれ、大きさ九センチほどだったとか。三寸（九センチ）の金の蓮《はす》の花という貴重品の意味だ。

恐ろしいのは、売春宿に売られて、相手を嫌がり、商売に励まぬ女は眼を潰されてしまったとか――。どんな醜悪な男が相手でも、自分の眼が見えなければ選り好みができぬということだ。

もっと凄惨なのは、両手両足を切り落とし、ダルマ状態にして客に提供するそうだ。性倒錯者、愛好家にとってはよだれの出るご馳走であったとか――。

これは紀元前、三国志で有名な〈項羽《こうう》と劉邦《りゅうほう》〉の、漢王朝の初代皇帝劉邦の妻、悪女帝の呂雉《りょち》から始まった。

劉邦が逝去し、自分が権力を握ると、寵愛《ちょうあい》を受けた側室の戚《せき》夫人への嫉妬で、復讐のため投獄し、奴隷にし、更に手足を切り落とし、両目をえぐり、薬で耳と喉をつぶすと、便所へ放り込み〈人豚《ひとぶた》〉と称して見世物にしたそうだ。

かつて中国の便所は排泄物を豚に処理させていたそうだが、ここから始まったのか……?

清朝第十代皇帝同治帝《どうちてい》の母、西太后《せいたいこう》も悪女を絵に描いたような超有名悪女だろう。正室である東皇后《とうこうごう》を毒殺し、側室の珍妃《ちんぴ》を生きたまま井戸に投げ落として殺した。

恐ろしいのは紫禁城《しきんじょう》の後宮で西太后に仕える宦官《かんがん》たち――男性器を切り取られ去勢された使用人たちが五千人もいたそうだ。日本の徳川時代の大奥を彷彿《ほうふつ》させるこの宦官制度――しかし、一部の宦官たちは去勢されておらず、西太后の夜毎の性欲を満たすための人形だったという。

竜次は身も凍る恐ろしい中国の歴史や性、人身売買の実態を知って、身震いする想いだった。何としても、亜里沙から依頼された小枝子の奪回を誓わずにはいられなかった。

「またもや香港マフィアか？　日本のヤクザとは違うからなァ。いや、覚醒剤やアヘンと一緒につるんでるかもな、こりゃァ。本当に気を付けろよ」

かつては犯罪人の楽園と言われていたバンコクプーケット島パタヤビーチや、フィリピンマニラ・バルッテ峠村は犯罪者の隠れ家で有名だったらしい。あの東谷義和ことガーシーの滞在先のアラブ首長国連邦は犯罪人引き渡し条約がないことや、世界の番長たるアメリカとも友好関係が全くないために、世界中の犯罪者が撚《よ》り集う都市へと変貌しているとか。

更に問題なのはプノンペンではナンバーワンとされているクメール王朝を誇るカンボジア最高級のリゾートホテルのシアヌークビルを何年も大人数で借り切って、振り込め詐欺や特殊詐欺事件として岡本大樹《ひろき》ら一九人も逮捕者を出した事件――。

このホテルの一室では人身売買や臓器売買、麻薬や拳銃や銃火器の取引、少年少女売春や買春・闇カジノなどが日常的に行われているそうだ。つまり、ホテル内で何が起きていようが、犯罪の拠点になっていようが金さえ払って滞在自体に問題がなければ我関せずなのだ。

あの〈ルフィ〉が逮捕され日本へ強制帰国されたが、搾取金の八七％は主犯格が得て、〈受け子〉〈出し子〉には五％、〈掛け子〉には三％のバイト代だそうだ。一〇〇万円振り込ませた場合で主犯が八七万、末端の掛け子らには五〜三万円！　カンボジアで缶詰状態にされて詐欺に加担していた犯人の彼女や掛け子たちがこぞって日本大使館に助けを求めて事件が発覚したようだ。

　このように国際的な犯罪グループの庇護の下に逮捕は簡単にはいかないだろうと……。

　隆康にはこめかみの縫合手術を隠す絆創膏を冷やかされ、「竜次、お前もこういう状況をよく知っとけよ」と兄らしい心からの忠告で念を押された。

　新宿の〈テイクファイブ〉に寄り、修ちゃん相手に久しぶりにワイルドターキー十三年をロックでしこたま飲んだ。黒人ジャズボーカルが身に沁みた。そしてアート・ブレイキーの♪チュニジアの夜♪――鼓膜と魂が震えた。

　御帰館はやはり午前様だった。内緒にしていたこめかみの絆創膏を見たヨッコは「またァ〜」と、目を涙で一杯にして飛びついて来た。

「心配するな、大丈夫だ」

　竜次は慰めるのが大変だった――。

3

　翌日は、ヨッコが横浜までエルドラド４ＷＤを運転して送ってくれた。

バッグには、あれもこれもと細かい日用品まで取り揃えて、一ヶ月くらいは暮らせそうだ。

「そんなに別れて暮らしていても大丈夫か？」

竜次が冷やかすと、また涙目になったヨッコから「早く帰って来てッ！」と言われ、胸をブタれた。

竜次は滝本とも直ぐ会えるように、中華街の北門通り、玄武門近くの横浜ロイヤルパークホテルに部屋を取った。等級で言ったら一流の下位か？　加賀町署とは歩いても二、三分の距離だ。

滝本警部補は俗に警察官舎《かんしゃ》と呼ばれる公務員宿舎に、妻と幼稚園の娘と小学生の男の子と四人で暮らしているそうだ。ＪＲ関内駅から徒歩五分の蓬莱町《ほうらいちょう》。加賀町署まで横浜スタジアムを挟んで一五分――民間と比べたら格安で借りられるが、警察官待機宿舎と呼ばれる通り、三六五日二四時間休みなしの状況下に置かれるということだ。

中華街は、東西南北を五〇〇メートル四方の牌楼《ぱいろう》で囲まれ、一本の通りの長さは約三〇〇メートル、店舗数は六二〇店、中華料理店は二二六店、その他の飲食店八三店、小売店一〇三店、サービス業八九店――二五万平方メートル（七万六千坪）の中に幼稚園から高等学校まで七つの中華民国系学校が存在し、日本国内には長崎と神戸にも中華街があるが、ここ横浜が日本一、いや、世界最大級のチャイナタウンなのだ。

南に朱雀門《すざくもん》、北に玄武門《げんぶもん》、南北に走る道路は広東道《かんとんどう》、中華街大通り、関帝廟《かんていびょう》通り、端に太平道《たいへいどう》──東西には、東門が朝陽門《ちょうようもん》、西に福建路《ふっけんろ》、長安道《ちょうあんどう》、中山路《ちゅうざんろ》、香港路《ほんこんろ》、市場通り、上海路《しゃんはいろ》、南門シルクロードと碁盤の目のように道路が入り組んでいる。

加賀町署の滝本警部補に連絡を取り、広東路にある〈萬珍樓《まんちんろう》〉で待ち合わせた。滝本はヨッコとは初対面だった。

最初から二人の間には打ち解けた雰囲気が漂い、竜次としては今度の仕事の相棒にヨッコが好感を持ってくれたらしいことが嬉しかった。

海鮮料理から肉料理、北京ダック、ふかひれ姿煮までフルコースの広東料理を腹一杯食い、飲んだ。竜次も郷に入れば郷に従えで、バーボンはあきらめ生ビールから始まって紹興酒で仕上げた。

柔道五段、無差別級日本代表候補の滝本は、十種競技五輪代表候補だった竜次とも体育会系のノリで肝胆相照《かんたんあいて》らす仲なのだ。

滝本は気持いいくらいに、汗を拭き拭きガツガツと頬張り、食べるのが大好きなヨッコも負けてはいなかった。

竜次にとっては、明日から捜索をスタートする出陣式の気分だった。

食事の後は腹ごなしに、滝本の案内であちこちの道路を散策した。ヨッコも嬉しそうだ。竜次と二人だけではないが、久しぶりのデート気分だ。

中国ではお目出度い色とされる朱色や黄色が派手なネオンに映《は》え、ここが日本であることを忘れさせてくれる……。

いや、やはりここは日本だった。

日本独特のヤクザが三人、前方から肩で風切って歩いて来る。その筋の匂いを辺りに撒き散らして、そこのけそこのけヤクザが通る、の勢い——チンピラだろう。

「あっ、こりゃ旦那、御苦労様です」

滝本を見つけた三人は揃って頭を下げた。

痩身の男の頬には傷痕、小太りの猪首《いくび》の男は小指の第一関節から先が欠けている。大柄な一人はスキンヘッドだ。

「何だお前ら、今日はザキ（伊勢佐木町）じゃないのか。南京町まで出張って来てウマイ話でも転がってるのか？」

一九〇センチ、一三〇キロの滝本が見下ろし、その押し出しは三人を圧倒している。

「えっへへっへへ、旦那こそ今日は非番ですかい」

小指の欠けた猪首がいやらしそうに唇を舐めながらヨッコに眼をやり、そして竜次をねめ上げた。冷血の爬虫類《はちゅうるい》系の眼付きだ。

「お前らこそ、早く自分ちの庭へ帰れッ」

滝本は紹興酒が効いているのか、声もデカイ。

「へ〜い、帰って寝ま〜す」

スキンヘッドがおどけて頭をツルンと撫で、離れて行った。

滝本が見送りながら言う。

「I川会系の二次団体松葉組ですよ。しかし何故、奴らがこんなトコまで……ザキ（伊勢佐木町）が縄張りなんですがねェ」

首を捻った時、滝本は突然マナーモードのケータイを内懐から取り出し、耳を傾ける。緊張の色が走った。

「ハイ、直ぐ参ります。五分です」

竜次に向けた滝本の眼は、ギラついて怒りの色に燃えていた。

「また出ました。赤レンガ倉庫辺りです。捜査会議が終わったら連絡入れます」

一三〇キロの巨体を揺すりながら駆け去って行った。

加賀町署内に『女性連続拉致誘拐事件捜査本部』が立ち上がった。

これで五件目だ。この界隈ばかりで何故？　お膝元の加賀町署がオチョクられている？　まさか……。

あの夜、小枝子と中国人から風に乗って漂ってきた中華料理独特の匂いが、どうしても竜次の頭から離れなかった。

「ヨッコ、腹ごなしにちょっとブラブラしようか？　南京町を」

「ワァ〜嬉しいッ」

ヨッコは腕を絡ませてきた。竜次は女性とデレッとするのはあまり好きではないが、今晩はこのほうが目立たなくていい。カップルが夜の中華街を散策している図に見られれば……。

「今日は、このまま横浜に泊まってってイインでしょ？」

竜次を振り仰いで甘える仕草はお手のものだ。いつも参ってしまう。

「ああ。明日は帰れよ」

「分かってますよォ～」

ぴょんぴょんとスキップでもしそうに、ヨッコは小躍りしている。


北の善隣門《ぜんりんもん》から中華街大通りを南へ、三〇〇メートル歩いた。

日本語と中国語が乱れ飛んでの喧騒――。

メイン通りばかりでなく裏通りをと香港路、市場通りの賑わいをあとに、関帝廟通り辺りで「チョッと休むか」と山下町公園に入り、ベンチに腰掛けた。

ここは有名な港沿いの山下公園とは違って、屋根付きベンチがあり、鮮やかな色の屋根は中華街にピッタリだ。各種のイベント会場になり、獅子舞、舞踊、中国雑技など中国伝統芸能が披露される広場なのだ。

秋が近いのか、ひんやりした空気が酔った頬に心地良い。

煙草を咥えジッポで火を点け、思い切り深く吸い込む。禁煙場所が多いから控えていたのだが、ラーク三ミリのニコチンが肺の奥深く染み渡る感じだ。

突然横から、ひっそりと声が掛かった。

「あんまり見掛けませんが、やっぱりサツの旦那ですかい？」

さっきの松葉組の三人だった。二つ離れたベンチに腰掛け、奴らも煙草を吸っていたのだ。

「いやぁ、ボクは警察とは何も関係ないよ」

相手にしないつもりだった。ところが――。

小指の欠けた奴がニヤつきながら立ち上がって近付き、「ボクだってさァ～」と冷やかす口調で、例の爬虫類系の眼でヨッコを覗き込む。

「きれいなネエチャン連れてるねェ～。ボクたちは男ばっかり三人だもんねェ～、さみしィ～のよ」

ヨッコが竜次の袖をつまみ、耳元で「やめてよ」と呟いて、顔を横にそむけた。

猪首の小指男が煙草の煙をふぅ～とヨッコに吹きかけ、覗き込んで言った。

「ボクたちにも付き合ってよォ」

キレたッ！

右手に持つ煙草を、ヨッコを覗き込む顔に向かって人差し指で弾いた。

パシッと目に当たって火花が散った。

「アッチィ」

眼を押さえた小指男の顔面に右拳を叩き込んだ。地面にドタッと転がった。

「野郎～ッ、何しやがる」

スキンヘッドと頬の傷痕が、隣のベンチからサッと立ち上がった。

頬傷がポケットからナイフを取り出して刃を開き、スキンヘッドはニタニタ笑いながら左拳にメリケンサックをゆっくりと嵌めている。拳に装着した金属部分を使って打撃を強化するのが目的だ。サウスポーのボクサー崩れか？

ツツゥーと、竜次のほうから滑るように近付いた。二人は竜次の予想外の動きにハッと驚いたのか「野郎ッ」と呻いて、飛び離れた。

尚も近付き、まずスキンヘッドに左ジャブで牽制、右パンチで顎を突き上げた。

ガクッと頭がのけぞりながらも、不安定な体勢で渾身のメリケンサックを横殴りで振ってきた。ブンと音がして目の前三センチで避けた。まともに喰らったら、また骨折か脳震盪で病院送りだろう……

咄嗟に前蹴りが出た。イタリア製サントーニの硬い靴先がスキンヘッドの顎を捉えた。グキッと音がして、三メートルほど後ろへブッ飛んだ。

と、右横からキラリと刃が閃いて竜次の頬を掠めた。

懐に飛び込み、伸びた相手の腕を担いで衿を掴み、背負い投げだ。柔道三段、空手二段の竜次なのだ。頬傷は背中を打ったのか、「ウーン」と呻いて反り返った。

ナイフを握る手首を左足で踏みつけ、右足を脇腹に蹴り込んだ。肋骨がボキボキッと二、三本折れた感じ……肋骨は簡単に折れるのだ。高齢のゴルファーのゴルフスィングでも折れてしまう。

ベンチに腰掛けたまま、両手で口を塞ぎ、眼を丸くして息を呑んで見つめるヨッコと眼が合った。竜次の殴り合いを見るのは、初めて出会った時の、暴走族三人相手にヤッタ時以来三年ぶりだろう

「大丈夫か？」

ヨッコがガクガクと小刻みに頷くのを見て、足元でのたうっている小指の欠けた奴の前にしゃがみ込み、衿を掴んで引きずり起こし、揺すった。

「オイ、松葉組が何で中華街まで出張って来たんだ。何か目的があるのか！」

「何も、ふぃらねえ、よぉ〜」

相手は頭をグラグラさせながら答えたが、顎が外れているから言葉が不明瞭だ。

「ハッキリと喋れッ！」

そう言って鼻柱をブン殴ると、派手に血が飛び散った。こういう連中はとことんヤッておかないと、致命的な反撃を喰らうからだ。

その時、パトカーのサイレンの音が！

振り返ると、公園の入り口辺りには野次馬がタカって人の波だ。まだ人通りの多い時間帯

に、この喧嘩騒ぎだ。誰かが一一〇番したのだろう――。

　また、加賀町署の取調室行きだ。山下埠頭の倉庫街でチェーンソーのサディスト鳥飼の一件でお世話になったばかりだというのに……。

　一〇年前には、新宿歌舞伎町で絡まれて悲鳴を上げる女子中学生を救うために組織暴力団東誠会のヤクザ二人を病院送りにしてしまったことがあった。あの時はまだ竜次も若かったので、自分から名乗り正義漢を気取った。だが相手のヤクザが二人共病院の診断書を持って警察に被害届を出し裁判沙汰になり、正当防衛ではあるが過剰防衛ということで傷害罪で執行猶予付きの有罪の判決を受けてしまったのだ。

　今度はどうなるのか？　滝本警部補が取調担当官に配されるのを祈るばかりだ。情実が通じるかどうか？　こっちは女性連れで、相手は三人のヤクザ者、それぞれがナイフとかメリケンサックという凶器を持っての乱闘だったのだ。大丈夫だろう……？

　散々な夜になってしまった。ヨッコも竜次とは別の取調室で事情聴取を受けている。滝本は大きな溜息をついて苦笑いしながら言った。

「倉嶋さんも、手加減ということを知らないからなァ。前の関西連合大曽根組の鳥飼の時もそうだったけど、とことんヤリますからねェ」

　ある種、羨ましそうな口調だった。

「そうしないとこっちが殺《や》られちまう。命懸けで綱渡りしてるから……」

「まぁ、今度は問題にはならんでしょう。奴らは三人の暴力団だし、凶器を持っての喧嘩です。しかし奴らもメンツを潰され、組に帰っても男が立ちませんからねェ。個人的には恨みを買うでしょう。付け狙われますよ、きっと」

「慣れっこですよ、それは……。それより今日起こった誘拐事件はどんな？」

「ええ、段々エスカレートしてきてますね。今日の夜九時頃、場所は横浜赤レンガ倉庫、何かアニメ声優たちのイベントがあって、その帰りらしいです。コンビニのアルバイト店員がカップルで歩いていたら、車が横付けされ、男が二人降りて来て、男の子の頭をいきなりバールで殴り付け、十八歳の女の子だけ車に押し込み連れ去ったそうです。少年は今も病院で意識不明ですよ」

「赤レンガ倉庫？　目と鼻の先じゃないですか。目撃者はいるんですか？」

「エエ、何人もいるんですが、数秒間の出来事なので、証言する話はてんでんバラバラですよ。犯人の年齢も、体の大小も、特徴も、こうも違った印象を持つものなんですねェ。数字に強い目撃者が二人いて、車のナンバーは間違いなかったんですが、やはり盗難車でした」

「誘拐された女性は美人でしたか？」

「ええ、間違いなくターゲットを絞っての拉致誘拐ですね」

「五人目かぁ。マスコミ報道を使って市民に警戒警報を発令しないとね」

竜次はこの、時間も場所も関係なしの傍若無人の美女狩りに、怒りを抑えることができなかった。

「捜査本部もその方針を決定しました。マンハントならぬウーマンハントですね」

滝本はシャレたつもりだろうが、笑えなかった——。

4

佐伯小枝子以外の四件の拉致誘拐された被害者宅には、滝本警部補と小沢という定年間際の叩き上げ部長刑事が聞き込み捜査を行った。

何処も口を揃えて「恨みを買うような親戚、知人、友人などは思い当たらない」「身代金を支払えるような財力はない」と言っている。

——ただ、みんな、見せてもらった写真は誰もが認める美女だ。十五歳から二十歳までの年齢層を絞った、目的を持った誘拐だ。

竜次は、滝本が預ってきた各被害者の顔写真をケータイで撮り、氏名と共に脳にインプットした。

捜査会議には同席できないイライラ感——警察手帳を持てない私立探偵の弱いトコロだ。まぁ情報は逐一、滝本から仕入れられるが……。

横浜赤レンガ倉庫の誘拐事件の被害少年は、意識不明のまま死亡してしまったそうだ。

『拉致誘拐事件捜査本部』に『殺人』の文字が加わった──。

もう秋の気配が忍び寄る九月末、桜木町《さくらぎちょう》駅の直ぐ近くに〈ダウンビート〉という老舗《しにせ》のモダンジャズを聴かせる店を見つけ、新宿の馴染みの店テイクファイブ以来、久しぶりにジャズのスウィングに身をゆだねた。

ジャズと言えば横浜だろう。昭和の香りを残した店内のクラシカルな雰囲気も気に入った。バーボンとジャズはよくマッチする。ほろ酔い気分で店を出たのが夜の九時頃か？ 野毛《のげ》大通りから伊勢佐木町《いせざきちょう》でもブラ付いてみようと、歩いていた時だ。

(尾行《つ》けられている)

という感覚があった。

竜次独特の動物的な勘だ。嗅覚《きゅうかく》と言ってもいい。

立ち止まって、まだ営業中の靴屋のショーウィンドウを覗き込むフリをして、ガラスに映る背後に眼を光らせた。

(いたッ)

街灯のポールに隠れるようにして、こっちを窺う小太り猪首の男、小指だ。

中華街の山下町公園で拳を交えた三人組の一人だ。まだ鼻っ柱にガーゼと絆創膏《ばんそうこう》をあてがっている。イイ格好したいヤクザが、みっともないことおびただしい。

煙草を咥え、ジッポのオイルライターで火を点けながら、伊勢佐木町通りの一本裏の若葉《わかば》町《ちょう》通りに入った。確かに尾行けられている。映画館前でポスターを見るフリをして、またガラスに映る姿を観察する。

携帯電話に喋りながら、眼はこっちを鋭く見ている。応援でも呼んでいるのか？

（何処かへ誘い込んで、早いトコ片付けよう）

そう思いつつ適当な場所を探しながら歩いていると、丁度小さなビルの谷間に更地になった基礎工事中のお誂え向きの場所を見つけた。

コンクリートを打った基礎部分に腰掛けて待った。直ぐに隣の四階建てのビルの陰から、そっと顔を覗かせた猪首男。声を掛けた。

「オ～イ、待ってたんだ。何か用かい？　俺の後を尾行けてたね？」

「何でオメエがザキをうろついてんだ？」

猪首男が上目使いに凄む。

「ああ、お前たちの縄張りだから、無許可で歩いちゃいけないのか？」

見れば左手に包帯をグルグル巻きだ。この間の竜次とのいざこざが原因でメンツをつぶし、この有様なのだろう。

「あらあら、また小指の第二関節まで失くしちゃったのォ？　何かヘマやっちゃた？　勲章がまた増えちゃったねェ……」

揶揄《からか》ってやった。

「やかましいッ！　テメエ、待ってろよ、倍にして返すぜ」

歯軋りしながら唸った。

「ああ、今応援が来てくれるのかァ……この間の二人じゃ、この前とおんなじことになっちゃうよ」

「野郎ッ！」

カッとなってブチ切れたのだろう、ポケットからジャックナイフを取り出しボタンを押した。パチンと飛び出た刃が街灯を反射して禍々《まがまが》しい色を放っている。

竜次からスゥ～と近付いた。ギョッとして猪首は飛び下がった。

「おいおい、その小指ちゃんの恨みを晴らすんじゃないのかい？　♪あなたが噛んだ小指が痛い♪愛しい愛しい『小指の想い出』な～んちゃって！　もう耳クソがほじれなくなっちゃうね～ェ」

益々頭に来たのか、猪首は「ヤロウッ」と突っ込んで来た。

喧嘩は頭に血がのぼったヤツの負けだ。竜次は冷静に左脇へ飛びかわし、目の前に流れた猪首の右手首に手刀を喰らわした。ウッと呻いてナイフを落とし、戸惑ったように首を傾けて竜次を見た。その眼の辺りに正拳一発。

ブッ飛んだ猪首。明日には眼の周りは紫色のパンダちゃんだろう。起き上がろうともがいているトコロに、胃を狙って靴先を蹴り込んだ。

猪首はグゥ〜ッと息を吐いて悶絶した。

竜次は片膝突いて、ズボンのポケットと時代遅れの派手なアロハシャツの胸ポケットを探った。煙草と使い捨てライター、財布の中に万札が一枚と何千円か、免許証の名は橋本正男、まともな名前だ。けど名前負けしている、何故、正しい男が暴力団員なんだ？

身体を引っ繰り返す時に、ちらっと背中一面に入れた刺青《いれずみ》が目に入った。覗くと、弁天様の色鮮やかな彫り込みが――。胸ポケットから〈中華料理店　翠香楼《すいこうろう》〉と印刷された赤地に黄文字の店名入りのブックマッチが見つかった。

隅に、何やら携帯電話の番号が走り書きされていた。そのマッチを自分のポケットに移した竜次には、訊きたいことがあった。

橋本正男の小指の包帯を握ってグイッと捻った。

「ギャアッ」

猪首は息を吹き返した。包帯に血が染み出してきた。

見開かれたその眼には、恐怖の色がまざまざと見て取れる。

その時、乱れた足音と喚き声が湧き起こった。

「いやがったッ」

「ここだ」

「逃がすなよ」

口々に叫んでいる。

橋本の救援隊は五人だった。

まだ攻撃の体勢が整う前に、竜次のほうから五人のど真ん中に突っ込んだ。立ち塞がるヤツを蹴り飛ばし、ブン殴って、若葉町通りへ走り出た。

振り返ると、あの類の傷痕、スキンヘッドの他に新たに三人、人相の悪いのが加わっていた。ナイフやメリケンサックで「殺っちめえ！」と準備を始めている。

五人のヤクザ者を相手に無駄な争いをする気はない。逃げるが勝ちだ。野毛大通りから馬《ば》車道《しゃみち》方向へ一目散で走り出した。

「野郎ッ、待ちやがれ！」

靴音荒くバタバタと追って来る。

この状況で、待てと言われて待つバカはいない。まばらな通行人がさぁ～と二つに割れて見送っている。学生時代、十種競技の五輪日本代表候補だった竜次だ。一〇〇メートル一一秒〇の記録を持っている。夜十時前に伊勢佐木町の繁華街を、ナイフを振り回す五人のヤクザに追われる一般市民を装って追い駆けっこだ。

瞬く間にその距離は離れ、ヤクザたちは地団太踏んで立ち止まり、遥か後方で負け犬の遠吠えだ。

その足で中華街へタクシーを飛ばした。ケータイでマッチの記された番号の翠香楼へ掛け場所を確める。一〇時半がラストオーダーだそうだ。まだ一〇時前、間に合う。

加賀町署を右折、善隣門を左折、一方通行の中華街大通りの三本目で車を降りる。香港路を入って五〇メートル、右側にあった。派手なネオンで〈中華料理　翠香楼〉と書かれた店の正面には見事な金色の鳳凰《ほうおう》が彫刻されている。大きな店だ。

5

オートドアが開くと、あばた面に金縁メガネの痩せ細ったタキシード姿の支配人と、スリットの深い鮮やかな緑色のチャイナドレスをピッタリと身にまとった美貌の女が迎えてくれた。

玄関ホールは二〇畳ほどの広さで、床は白地に赤いバラがデザインされたタイル貼り、二階への階段がある。

「いらっしゃいませ。お一人ですか？」

近付きすぎるほどチャイナドレス女が傍へ寄り、囁く。微かな麝香《じゃこう》の匂いと微かな中国訛り――。

「うん。初めてなんだ、いいかな？」

「お煙草は？」

ウンと頷いた。

「どうぞ、こちらへ」

と先に立って案内するその女は、後ろから男に見られていることを意識して、大仰に尻を振った歩き方だ。

中庭には池が配され、見事な錦鯉が泳いでいる。小さな朱塗りの欄干の橋の廊下を渡り広間へ入ると、奥の隅に楽士が四人——日本の琵琶《びわ》か胡弓《こきゅう》のような弦楽器と三弦の三味線みたいなやつ、縦笛、打楽器が一人ずつ、揺るやかに中国音曲を奏でていた。

竜次は奥まった四人掛けテーブルに案内されてメニューを渡され、女はまた尻を振って去って行った。

早速ラーク三ミリに、さっき猪首の小指、橋本正男から奪ったマッチで火を点け、辺りを見回した。客席は三〇テーブルほど、一〇〇人は収容できるスペースがある。今は三分程度の入りか？

「お決まりになりましたか？」

背後から忍びやかに、官能的な媚薬的香りが近付き、緑のチャイナドレスが囁いた。

（ははぁ、これが噂に聞くハニートラップの初手《しょて》か）

竜次はメニューも見ず、好きなものを注文した。

「そうだな、まず、車海老をチリ・ソースで辛く仕上げたやつ、豚の角煮に青菜を添えたやつ、それと、鴨の皮をカラカラに揚げてネギと味噌をつけた料理だ。それから、鮑《あわび》と卵のあっさりしたスープもだ。酒は生ビールと紹興酒《しょうこうしゅ》をハーフボトルで、ＯＫ？」

そう言って、メニューを返した。

「畏まりました。あの〜、このマッチは何処で？」

尻振りチャイナドレスの女が、テーブルの上に放り出して置いたマッチを指して、ニッコリ笑って尋ねる。

竜次はマッチをポケットに仕舞いながら言った。

「うん、松葉の、小指の欠けたオニイサンからね。橋本正男ちゃんだよ」

「まぁそうでしたか。失礼ですが、お名前は？」

「倉嶋っていうんだ」

何も本名を名乗らなくてもよかったが、偽名が嫌いなだけだ。何でも偽物は嫌いなのだ。それにしても、チョッと探りを入れたら直ぐ引っ掛かった。松葉組と繋がっているんじゃないかと思っていたからだ。

「お料理直ぐお持ちしますね」

女は急ぎ足で、尻を振り振り厨房《ちゅうぼう》へ――。

竜次は煙草を挟んだ指を額に当て、考え込むフリをして、指の隙間から厨房を窺《うかが》った。

チャイナドレスの女とコック長らしき男が、竜次に視線を投げながら何か話し合っている感じだ。オープンカウンターなのでよく見える。

片目がやぶ睨みだが、白衣を腕まくりしたその身体は、重量挙げの選手のように筋肉が膨れ上がっている。こんなヤツとは闘いたくない。

料理は旨かった。一流だ。中国ムードのナマの音曲を聞かせ、イイ感じの料理店だ。ヨッコも連れて来て、ご馳走してやりたい感じの店だった。

ゆっくりと味わいながら、時々厨房に目をやる。

と、入り口にいたタキシードを着た痩せた支配人らしきヤツが、厨房に入り、やがて、ステンレス製の岡持ちを提げ、厨房の奥の階段を地下へ下りて行った。ドキッと心臓が鳴った。

(ビンゴだ! この地下に、誘拐された女性たちが隠されているのか?)
二、三分でその支配人が戻って来た。手に提げていた岡持ちは……消えていた。……?
「ラストオーダーです。〆《しめ》て宜しいですか?」

陰気な声が耳元で囁いた。今度はチャイナドレスの女ではなく、今のタキシードの支配人だった。あばた面に金縁メガネが似合わない。

「あっ、どうぞ〆て。その前にトイレは何処?」

(この男を締め上げないと地下には行けない)

直感だった。

「こちらでございます」

と、先に立って案内してくれた。

何か甘ったるい妙な匂いがする。厨房の奥の前で立ち止まり、優雅に掌でトイレを指し示した。

すると竜次は男に近付き、馴れ馴れしく肩に手を回した。

「あのさぁ、チョッとお願いが……」

そう言いながらトイレのドアの前まで押し、自動ドアが開くと同時に腕を首に巻き付け、グイと捻った。そして頚動脈を圧迫したら呆気なく落ちた――柔道の絞め技だ。

大のトイレに放リ込み、便座にもたれ掛けさせて、ポケットを探った。

(鍵かカードは……？　あったッ)

ズボンのベルト通しに、細いチェーンに結ばれた鍵が一個！　掌に絡ませて引き千切った。

(多分、これが地下へのパスポートだ！)

広い厨房の中を、勝手知ったる我が家を行くが如くに、地下への階段目指してずんずん奥へ進んで行くと、四、五人の若いコックが中国語で何かペチャペチャと言ってきたが、知ったこっちゃない。

「あなた、トコ行く?」

「タメよ、そっち行っては」

片言の日本語で喚くのを聞きながら、竜次は地下へ下りるコンクリート打ちっ放しの階段が右奥にあるのを見つけた。

そっちへ行こうとすると、三人の若いコックが通せんぼした。

猪突猛進とはこのことだ。殴り、蹴り、体当たりして一瞬で排除した。

と、立ち塞がったのが、やぶ睨みの重量挙げコック？

やはり中国語訛りの日本語だ。

「タレたお前は？ ここから先は入れない。早く帰れ！」

「俺には素直に帰れない事情があるんだ」

竜次は平然と、そう返した。

コックの背丈は一八〇センチの竜次と同程度だが、ガ体のデカさが半端じゃない。筋肉の鎧《よろい》に覆われたロボコップみたいだ――。

不器用に両手を前に突き出し、掴まえに来た。

竜次は身をかがめダッキングして胃の辺りに一発、拳を突き入れたが、腹筋が六つに割れているのだろう、跳ね返された。

尚も、やぶ睨みの両手が首目掛けて迫ってくる。

調理台に腰が当たり、退路を断たれた。

竜次は自ら調理台に後ろ向きに倒れ、圧し掛かろうと迫る重量挙げコックの顎を狙って両足を蹴り上げた。

コックは後ろへブッ飛んだ。顎は誰でも鍛えようがないのだ。特に竜次の履くイタリア製サントーニの靴先は硬い。確かな衝撃を与えた筈だ。

起き上がってきたコックの右手には、幅広で長方形の分厚い中華包丁が握られていた。

左手で顎を揉みながら、ニタリと笑った。やぶ睨みだから、何処を見て笑ったのか分からない。多分、竜次を見て笑ったのだろう。竜次もニコッと笑い返した。

突如、「キエ～ッ」と懐かしき怪鳥《けちょう》の叫び声。香港マフィアのドラゴンとの死闘を思い出した。こいつらの攻撃の合図は、みんな「キエーッ」なのか？

ブンと空気を切り裂いて横ざまに振られた包丁――。

のけぞって避けたが、危うく首から上が無くなるところだった。鶏や豚をブッ切りにする鉈《なた》のような中華料理用包丁が、今度は頭上からブンと振り下ろされる。竜次は身体をくねらせて避けた。

鉈のような包丁が背中スレスレを掠《かす》めて、調理台にガツッと食い込んだ。

重量挙げコックは「ウウッ」と唸りながら、手首の血管の青筋を立てて、引き抜こうと踏ん張っている。

竜次はまた顎を狙って一発喰らわした。

ダダッとのけぞって後退《あとじさ》ったが、再び腕を伸ばして掴まえに来た。

調理台に押し付けられ、ヤツの左手が竜次の顎を掴んだ。

その握力たるや……。

(握り潰されるんじゃないか……)

メリメリと軋む音が脳に響いている。絞め殺すつもりだ。

やぶ睨みの片目が竜次を斜めに見て、嬉しそうに笑っている。渾身《こんしん》の力を込めて両足で蹴り飛ばした。ダダダッと不器用に後退《あとじさ》った。

やぶ睨みが不運だったのは、背後に煮えくり返った湯の大釜《がま》があったことだ。

後ろ向きで体勢を立て直そうと広げた両腕が釜の縁に引っ掛かり、頭からザブッと熱湯を浴びた。

コックはこの世のものとは思えぬ絶叫を上げて、湯の溜まったセメント床で熱湯の飛沫を蹴散らし転げ回っている。
三、四人の若いコックたちがやぶ睨みの周りに集まり、バケツやホースで水を掛けたり救助作業に大わらわだ。
その大騒ぎの隙を見て、竜次は地下への階段を駆け下りた。

6

駆け下りた階段の突き当たりに、頑丈そうな木のドアが――。

案の定、ノブを回すが開かない。

さっきトイレで支配人から奪ったキーを差し込み、回してみる……。

ピンポーン！

殺到して追って来るであろう奴らを考えて、施錠した。

ドアを開けるとかなり広いスペースの倉庫だった。

天井に蛍光灯が何本か吊るされ、薄暗い――。

香辛料の匂いと中国料理の原材料だろう、土のう袋や段ボール、ドラム缶が山積みになっている。

（やはりッ）

この間、港の見える丘公園で嗅いだ匂いだ。

奥へ進むと、ガラス張りの部屋が現れた。

扉の前の椅子に座って編み物をしていた人影が立ち上がった。防音壁で上の騒ぎには気付かなかったのだろう。

（貞子だッ！）

氷の声の林貞子、本名、林朱芳《りんしゅほう》。

（やはり誘拐団と繋がっていたのか！）

駆け寄ろうとしたら、五十一歳の年に似合わぬ素早さで、原材料の積まれた狭い隙間へ逃げ込んだ。竜次の声が追った。

「林朱芳ッ、宗像はどうした、お前の息子の宗許果《しゅうきょか》だ」

もう貞子の姿はなかったが、聞えた筈だ。

振り返ったガラス張りの部屋のベニア板張りのドアにはやはり鍵が、シリンダー錠が掛かっていた。勿論、三桁の番号の組み合わせは分からない。

ドアの中央部分に縦二〇センチ×横四〇センチ四方の、食事の差し入れ口だろう長方形の穴が開いている。

（いたッ）

一〇畳ほどの、中国のアンペラと呼ばれる茣蓙《ござ》が敷かれた部屋に五、六人の若い女がいた。食事中の者、壁に寄り掛かる女たちが目に入った。

覗き込んで声を掛けた。

「小枝子さん、小枝子さんはいますか？」

一人の女が這いずって寄って来て、喘ぐように声を絞り出した。

「わたしです……私が……」

「あぁ、小枝子さん、倉嶋だ。この間は済まない、助けるからね。気をしっかり持って！」

窓口へ寄ってきた小枝子は、この前、港の見える丘公園で見た時よりも、もっとやつれて青白い顔をしていた。

ケータイで覚えた全員の顔と名前が一瞬で湧き上がってきた。顔と名前の記憶は竜次の特技だ。

「片桐洋子さん、長沼真由美さん、須藤操さん、皆さん元気ですね？」

三人が「ハイ」「ハイ」と叫びながら、窓口へ這い寄って来た。

「あとお二人、高桑涼子さん、泉真澄さんは……どうしました？」

二人の女性が壁にグッタリと寄り掛かったまま、その眼はトロ～ンと焦点が合わず、その二人の周囲だけ気だるい退廃と陰惨な気配が漂っている。

(アヘンだ、阿片に蝕《むしば》まれている)

竜次は直感した。

「小枝子さん、あの二人は……」

「ええ、言うことを聞かないからって、別の部屋へ連れて行かれて無理矢理……」

「他の皆さんは大丈夫なんですね。暴行されたり虐待されたり……それはありませんか？」

「ハイ、それは……食事もトイレも……、大事にされている感じです」

「アレ、あの方はどなた？　お名前は何というんですか？」

顔も名前もインプットされていない見知らぬ顔が一人いた。新たな被害者か？

ピンク色のミニスカートからプリプリした太腿をむき出して、金髪に染めた十八歳くらいの娘が顔を見せた。

「岡崎桐葉です。昨日、三渓園で誘拐されて……」

六人目の犠牲者だ。頬が青く腫れ上がっていたが、やはり美しい女性だった。

突然──。

階段下のドア方向から大音響の衝撃が伝わってきた。

ドアをブチ壊そうとしている。一刻も猶予はならない。

「皆さん、必ず助け出しますからね、僕は今、脱出しますけど、待っててください。力を落とさずに！」

早口で言ってドアを、食品原材料の搬入口を探した。

必ずある筈だ。右手奥にスチール製のドアがあった。

駆け寄るのと、奴らがドアをぶち破って進入してくるのと同時だった。

あばた面の金縁メガネの支配人を先頭に五、六人の若手コックたちが押し寄せて来る。牛刀や肉切り包丁や麺棒《めんぼう》を手に手に、切り殺そう、殴り殺そうと殺意むき出しだ。

竜次はそれを避け、殴り、蹴り、体当たりの乱闘に持ち込んだ。奴らは互いの持つ武器が当たって傷つき同士討ちとなり、大混乱に陥っている。右往左往の連中を横目に、一瞬の隙を突いてドアノブのつまみを左に回すと、簡単に開いた。

覗くと、外界とを繋ぐ階段が目に入った。外からの侵入に対しては厳重だが、内からはいとも簡単に開くものだ。

非常階段を駆け上がり、香港路の裏道へ飛び出た。

何という表の空気のすがすがしさ……中華料理の匂いには違いないが……。奴らもうここまでは追っては来れまい。

直ぐさま正面入り口と地下階段を見張れる電柱の影に隠れて、ケータイを取り出し、滝本警部補へ電話だ。

呼び出し音三回で出た。

「滝さん、見つけたっ、全員無事だ」

「えっ、ど、どういうことですか？」

声が上ずっている。当然だろう。

「中華街、香港路の翠香楼だ。地下に囚われてた。今、全員に会った。大至急捜査網を敷いてくれ」

「分かりましたッ。大至急」

切れた。

その時、店を飾るイルミネーションがすべて消えた。

お客がどんどこ吐き出されてくる。閉店時間だ。午後十一時。間に合うか？　思う間もなく、パトカーのサイレンが一斉に鳴った。全車総動員の号令が発令されたのだろう。何しろ加賀町署は直ぐ目と鼻の先なのだ。

電話から三分で、店の正面玄関前にパトカーが横付けされた。バラバラと刑事連中が飛び下り、店内へ駆け込んで行く。

制服警官が黄色のテープを張って規制し、野次馬の整理だ。

巨漢が一人、右を見て左を見て竜次を探している。

飛び出した竜次が叫んだ。

「滝さん、こっちだ。チェーンカッターかバールかデカいハンマーが要る。地下のドアだ」

言って非常階段を駆け下りる。

少し遅れて、滝本がバールとソフトハンマーを握って続いた。

滝本がスチールドアの隙間にバールを捻じ込み、ハンマーでブッ叩く。

竜次は拳を白くなるほど握り締め、歯を食い縛って見守るのみ。

（早く、早く）

祈る気持ちだ。

（――開いたッ！）

ドアを開けて、竜次が先に飛び込む。

真っ暗だ。蛍光灯が消されている。竜次はジッポのライターで火を点けた。

「こっちだ」

あのガラス張りの部屋へ、一目散に駆け付けた。

滝本が後を追うが、さすがに懐中電灯を用意していた。

ガラス部屋の中を電灯が一閃する。

（いないッ、もぬけの殻だ）

竜次は息を呑んで立ち竦《すく》んだ。茫然自失――。

たった五、六分前、ここに六人の美女が確かに囚われていたのだ。

「滝さん、捜してくれ、そこらに抜け穴か隠し扉がないか？」

二人は倉庫内の壁沿いに逃げた痕跡がないか、手探りで調べ回ったが、見つからなかった。

万事休すだ。

（あと一歩だった。もう少しで手が届いたのに……！）

竜次は脱力感でブッ倒れそうになり、近くに積んであった段ボールに手を掛けて身体を支えた。

その時、蛍光灯がチカチカと瞬いて倉庫内が明るくなった。

ドアの前で山崎刑事課長が、厳しい表情で辺りを見回していた。

刑事たちがドカドカと駆け込んで来た——。

7

深夜の加賀町署二階の捜査本部——。

竜次の周囲を二〇人ほどの捜査員が囲み、事情説明……というより、これは犯人に対する尋問と同じだ。滝本以外の全員の敵意が感じられる。

山崎刑事課長がエリートらしい冷静な口ぶりで訊ねた。

鬢《びん》だけ白くなった四十代後半の切れ者という感じだ。

「何故君は、一人で地下へ突入する前に我々に通報しようとは思わなかったんだね?」

「囚われているかどうかも確信が持てぬそんなあやふやな状況で、緊急の捜索願いが出せますか? 無理矢理にも地下へ降りたから、本人たちに会え、確証が取れたんですよ」

竜次は真っ直ぐ山崎の眼を見つめながら、キッパリと言った。

と横から、滝本とコンビで聞き込みをしている叩き上げの小沢というデカ長が、皮肉たっぷりにうそぶいた。

「探偵さんよ、あんたは一民間人なんだぜ。いくら佐伯家のご当主から失踪者捜索を依頼されたからといって、テメエ一人で突っ走るのは止めてもらいてえな。こっちはこっちで地道な捜査で靴の底スリ減らして歩き回ってるんだ。ご親友の滝本警部補殿と一緒にな」

小沢の横に座る滝本の顔が朱に染まった。

後頭部の髪が薄くなった定年間際の小沢が、二十九歳の若い上役に対する妬《ねた》みと、仲良しらしい竜次に対するやっかみが感じられる悪意に満ちたイチャモンだ。

竜次もカチンときたら抑えられない。

「小沢さん、あなた一人で、松葉組の小指のない橋本正男っていうヤクザ者から、翠香楼のマッチを力づくで奪えますか？　あのマッチ箱から、中華街との繋がりが分かったんですよ」

部屋中がシーンと静まり返った。

突如、小沢がキレて喚き出した。

「調子に乗るんじゃねえぞッ、探偵！　この間の人質交換だって、テメエはドジ踏んだじゃねえか。出来るもんなら、何でも一人でやってみろッ」

もう完全に頭に血が上っている。山崎課長が仲裁に入った。

「まぁまぁまぁ小沢さん……、そうは言ってもこの倉嶋さんのお陰で、今度の誘拐事件が松葉組と多分、香港マフィアだろう、こいつらが手を組んで大掛かりな人身売買をやろうとしているのが分かったんだ。それと、個別には佐伯小枝子だけの身代金要求で、宗像、本名宗許果と母親の林貞子、本名林朱芳が絡んでいることが分かった。まず一番は、被害者救出だ。相手は強大な香港マフィアと組織暴力団だ。お互いいがみ合ってる場合じゃない。全員心を一《いっ》にしてこの事案に当たるんだ」

全員が尻をもぞもぞと動かし、煙草に火を点ける者、冷えたお茶を啜る者、落ち着かない雰囲気が部屋を支配した。

竜次が口火を切った。

「提案があるんですが……その翠香楼のマッチ箱に書かれた番号に電話してみましょう。私が橋本正男になりすましますよ」

「そりゃ面白いな。やってみてください」

山崎課長は決断が早い。

「あの橋本正男には〈弁天のマサ〉という異名があるんですよ」

と、滝本警部補から追加情報がもたらされた。

「ああ、背中一面に弁天様の彫り物がありましたよ。じゃハンズフリー機能を使って全員がスピーカーで聞けるようにしましょう。録音もお願いします。さ、行きますよ。え〜、090—××××—××××」

全員の目が番号をプッシュする竜次を凝視している。静まり返っている。

出たッ、バックに大音量のロックミュージックらしき演奏が聞える。

数秒間、間を置いて、低音で太い声が訊いた。

「おう、誰だ?」

「ゴホッ、ゴホッ、ああ、マサです」

竜次は咳でごまかし、先日の山下町公園やさっき若葉町の建築現場で聞いた、猪首の弁天のマサのだみ声を思い出しながら真似た。

「マサだとッ？　馬鹿野郎ッ、テメエまたドジ踏んだらしいな。小指だけじゃなく指五本全部失くすぞ。このケータイ誰のだ？　非通知ってなってるぞ」

「すんません、ケータイ、ブッ壊れて、ゴホッ、ゴホッ」

「何だ風邪か？　おいユリ、喧しいッ、音切れッ」

バックが静かになった。

「何時だと思ってるんだ？　明日、ツラァ出せ、分かってるだろうな。高山とシゲと三人、雁首揃えてな」

「事務所のほうですか？　ゴホッ」

「馬鹿ったれッ、ユリんとこに決まってるだろ。〈倶楽部ユリ〉だ」

プツッ、切れた。

部屋の中の息を詰めたままの緊張感が弛んだ。ふぅ～と弛緩《しかん》したような大きな溜息があちこちから聞えた。
二、三人の捜査員がさっと離れて行った。今、出た名前をそれぞれが確認するのだろう。
山崎課長がメモを見ながらおもむろに口を開いた。

「いいヒントを入手してくれましたね。高山とシゲと頭分《かしら》の電話の男、それと倶楽部ユリだ。所轄の伊勢佐木署に当たってくれ。それから新しい犠牲者の岡崎桐葉、まだ失踪届けも出てないな、明朝、小沢さんと滝本君が洗ってくれ給え。よし、今日はお開きにしよう。大変な夜だったからな。ご苦労さん」

全員が伸びをしたり、ウ〜ンと唸りながら立ち上がった。

散会だ。

竜次は担当刑事に、頬の傷痕とスキンヘッドの特徴を教えて、滝本と一緒に加賀町署を後にした。

明日の聞き込みで朝の早い滝本と別れて、ホテルに戻りドアを開けると、ヨッコが飛びついて来た。

「連絡が全然ないんだもの、心配で心配で……来ちゃったのォ、ゴメンね、怒ってる？」

「いやぁ、俺のほうこそゴメンな、ケータイもできないほど忙しかったんだ。今夜も色々あってな」

「怪我はない？　何処も大丈夫？」

「ご覧の通り、ピンピンしてるよ」

「ああ、よかったァ〜」

怪我の歴史を知ってるヨッコとしては、さぞ胸を撫で下ろしたことだろう。

「フロントでね、『五一八号室の倉嶋の家内です』って言って、住所と名前サインしたら直ぐ入れてくれたわ。この前も泊まってるしね」

そう言いながら、持って来たバッグから変装用の小道具や、飛び道具を持っている相手に対抗するためのビリヤード球を四個もベッドの上に並べた。

「おぅ、よく気が付いたな。早速、明日使えそうだよ。また手伝ってくれ」

「ええ？　また危ないトコロへ行くの？」

「いやぁ、大したトコじゃない、毎度の御用聞きみたいなもんさ」

「そう……」

憂い顔のヨッコにわざとお道化《どけ》て、窓のカーテンを開けて言った。

「見てみな、きれいじゃないか港横浜。♪街の灯りが　とてもきれいね　ヨコハマ～　ブルー・ライト・ヨコハマァ～♪　って知ってる？　いしだあゆみの歌」

「もォ～」

とブツ真似をして飛びついて来たので、竜次は胸の中に抱き締めた。

その晩、横浜から隆康のケータイへ電話を入れ、今までの経過を話して聞かせた。先日の中国人の行方不明者や性に対する貪欲さ、人身売買などの話を聞いて以来、何も連絡していなかったのだ。

んだぞ」

「お前も糸の切れた凧だな。こっちも兄弟だからな、その後どうなったのかと心配はしてた

「スンマセン。かなりヤバい状況になってきてるんですよ。こっちの東誠会二次団体松葉組ってのとチャイニーズ・マフィアがくっついて、美女の人身売買とかアヘンが絡んできてねぇ〜。さっき、その松葉会のチンピラに襲われましたよ。その野郎が改造拳銃を持ってましてね」

「何ッ、改造拳銃？　う〜む、二〇二二年七月、奈良で安倍晋三元首相が選挙遊説中に銃撃され死亡したな。犯人の山上徹也は自衛隊にもいて銃器には詳しかったかも知れんが、改造拳銃マニアの背後からの凶行だったからな。若い頃、要人のSPを体験した私から言わせてもらえば、警護の鉄則が守られていなかったということだ。二四四フォーメーションと言ってな、側面に二人、前面に四人、背後に四人のSPが警護せねばならないSPの鉄則が実行されていなかった。つまり怠慢だな。背後に全く監視の目がなかった。ついでに教えてやるが、アメリカのシークレットサービスの大統領警護は八八式でな、〈ビースト〉と呼ばれる防弾ガラス（一二・七センチ）ドアの装甲板の厚さ（二〇センチ）のキャディラックワンの専用車はまさに〈動く要塞〉で、〈野獣〉の名にふさわしい重装備だ。四人が同乗して、その大統領車の両側を四人ずつの護衛官が並走し、その周囲にも八名のシークレットサービスが配置され、目を光らせているわけだ。レーガン大統領の暗殺計画は未遂で防いだが、撃っ

てくれと言わんばかりのオープンカーで顔を見せたケネディ大統領などは、案の定の愚行だった。命を狙うスナイパーらの格好の餌食になって暗殺されてしまったな」

受話器口で、ぐびりと多分ビールだろう飲み物を飲み込む音が聞こえた。

「よし、話してやるからよく聴けよ。私らはコンバットチームと呼ばれる全国の警察から選抜されたエリート集団だった。選ばれた二、三〇人の精鋭は、それぞれオリンピックにも出場できる拳銃ライフルの名手、剣道の日本一、これが私だ。あと逮捕術・ハイパーポリスとしてCIA本部のあるラングレーで研修を終えた精鋭部隊が存在してるんだ。日本版FBI、アメリカ海軍特殊部隊のシールズに匹敵する精鋭部隊だ。古い話だが、三菱銀行北畠支店に猟銃を持った梅川昭美が押し入り、客と行員三〇人以上を人質にした銀行強盗及び人質・猟奇殺人事件があった。死亡者五名、警察官二名、行員二名、犯人射殺でな。他にも、瀬戸内シージャック事件で犯人狙撃。あと乗客五人を殺傷した少年の高速道路西部バスジャック事件や、あさま山荘事件では機動隊員二名を含む死亡者三名、負傷者二七名など日本中を震撼させた大事件があったが、皆このコンバットチームが陰で動いていたんだぞ。若い頃、その改造拳銃の案件で、バリ島まで派遣されて行ったことがあるんだよ」

夜も遅いのに、隆康の話は昔を懐かしむように尽きることがない。また、グビグビと喉を鳴らす音が聞こえた。

「インドネシア・バリ島には拳銃やライフルの秘密工場が随所にあってな、南米のペルーやコチャバンバの麻薬栽培地域と同じく、全世界に向けての一大マーケットを展開しているんだ。沼に囲まれた小さな陸地の中にそうした秘密工場があるんだが、何と野生の豚が沼を渡る道案内をしてくれるそうだ。野生といっても人間が飼育、飼い馴らしているのだが、沼の泥は一定のリズムで動き活動しているようで、つまり、その沼に足を掬《すく》われると深みにはまって命取りになってしまう。底なし沼だ。ところがこの豚さんは沼の泥を読み解く力が備わっているようで、豚が足首より深い箇所に嵌《は》まらないようならば豚を先頭に追随する。豚は本能で我々人間が膝元から上には決して浸からない場所を選んでくれる。この水先案内人の豚の先導は敵の侵入を防ぐためだそうだが……。ボートや船も泥沼の中では何の効力も発揮できないようで、エンジンやプロペラは泥で一発でやられるそうだ。船の推進力も、動く泥の力で思うようには前に進めない。上手く水面を滑らないとのことだ」

豚の案内で現地の警察の改造拳銃を作る秘密工場の摘発・壊滅のため急襲した時、同行させてもらった際の銃撃戦で足に受けた弾痕の傷が脛に残っているそうだ。以前、見せてもらったが、その時は理由は教えてもらえなかった。

「また余談だが、煙草の葉を唾液《だえき》にまぶしてカラダ中にすり込むと、やぶ蚊やヒル、それに毒蛇なども全く近寄らないとか――。生き抜くために生まれた現地人の必然の知恵だろう。ミンダナオ島やバリ島、バンコクのパタヤビーチやプーケット島でも同様に、煙草の葉を唾液に混ぜてカラダ中にすり込んだりもしたがね」

改造拳銃が中国廈門《あもい》あるいはアラブ首長国連邦ドバイなどの市場で闇取引され世界中に拡散すれば犯罪は増えるし、銃社会と言われるアメリカ同様、こいつが簡単に手に入るようになれば、国家存亡の危機になるぞ、と警告された。軍港を出航した途端に、三万円で仕入れた拳銃が倍の六万円、次の港に入港して人の手に渡ればそのたびに倍、倍と膨れて一二万、二四万、日本国内へ無事着けば五〇万に値は吊り上がるという。一個三千円のパイナップル（手榴弾）が二五万円に跳ね上がるという。今やハッカーと呼ばれる闇バイトの司令塔は外国のみならず、国内の信州辺りのさりげなく農具を積んだ農家などを拠点にして、オレオレ詐欺に血道を上げている。プロバイダー（配信企業）は全国に散らばり、高齢者を騙し、ボロ儲けしているのだ。

ピーナッツ、豆と呼ばれる実弾は、パンと音の出るヤツ（拳銃）、クラッカー（拳銃）などと呼ばれ、ハジキ・チャカなどとは言わない。実弾と一緒に持って逮捕されると刑期は倍になるので彼らは隠す時、決して同じ場所に置くことはない。奴ら橋本正男クラスのチンピラでも改造拳銃を懐に忍ばせていることを甘く見てはいけないのだ――。

竜次は肝に銘じた。

「兄貴、夜遅く済まなかった。いい話を聴かせてもらったよ」

明日は奴らの根城に踏み込むのだ。気分が高ぶって、隣で気持ち良さそうにスヤスヤ眠るヨッコが羨《うらや》ましかった。

第三章　捜索

1

イタリア製ナポリのサルトリア・ブランド。濃紺の地にグレーの細い縦縞《じま》のスーツ、青いシャツに赤・紺のストライプのネクタイ——薄いブルーのサングラスに口髭——肩からバーバリーのトレンチコートを羽織ったら、何処から見てもファッションモデルかインテリやくざだ！

我ながら上出来、ヨッコも懸命に手伝ってくれた。顎の古傷に眉墨で色を塗ってボカし、凄みを利かせた。ヨッコ苦心のメークアップだ。ヘアーピースも被った。

ビリヤード球はコートの左右のポケットに一個ずつ。拳銃を持てない竜次の、飛び道具に対する唯一の対抗手段だ。去年も、関西連合大曽根組の殺し屋の拳銃をこれで制したのだ。

午前十時頃、滝本からケータイに電話が来た。小沢デカ長と朝一番で金沢八景の岡崎家を訪れての結果報告だ。

岡崎桐葉は、一昨日の夜に『スマホのバッテリーが切れそう』という電話を最後に連絡が途絶えたらしい。ただ、今までもひと晩くらいの無断外泊は度々あったらしく、今日あたり、失踪届けを出そうかと家族はノンビリしたものだったとか。女子大生にしては、割と発展家だったようだ。今、世の中を騒がしている誘拐事件に娘が遭遇したという現実に両親はブッたまげていたとか。

やはり、トラブルや恨みを買うような人間関係、ストーカー被害とか、利害関係は全く心当たりがないと口を揃えていたらしい。

滝本が昼前に竜次のホテルへ捜査資料を持って顔を出すと言うので、ヨッコとゆっくり、ホテルのレストランで朝昼を兼ねたブランチを摂り部屋へ戻った。

朝一番のグレープフルーツ・ジュースの、程よい酸味と苦味が竜次は大好きなのだ。昨夜の呑んだくれた酒が洗い清められるような清冽《せいれつ》な気分に戻れるのだ。

待つほどもなくピンポーンとチャイムの音。

「は～い」

とヨッコがもう女房として当然の態度でドアを開ける。

「おぅ頼子《よりこ》さん、来てたんですか？」

と、親しげに弾んだ声がして滝本が入って来た。部屋が一挙に狭くなった感じだ。

竜次を見るや否や、開口一番、

「どうしちゃったんですか、倉嶋さん」

と口をアングリと開けたまま、呆然と立ち竦んでいる。

「ああ、これから舞台公演があるんでねぇ、へ〜ンシ〜ンだよ。どうだい、上手く化けたろ?」

「いやぁ、驚いたなァ。僕にはとても真似できませんけどね」

紙封筒から資料を、窓際のテーブルの上に並べながら、まだ目を丸くしてまじまじと見ている。

「ハッハッハ、敵を欺くにはまず味方からだよ。前に東誠会の闇カジノの現場へ乗り込んだ時も、これを演ったんだぜ。ヨッコに手伝ってもらってね。バレちゃったけど……おまけに一張羅のベルサーチのスーツもベリッと破かれて大損だったけど、奴らの資金源の一つは潰せたんだ」

「無茶をやりますねぇ……潜入捜査ってやつですか? うん、確かに今日の倶楽部ユリはその格好がピッタリです。関内《かんない》にある高級クラブですよ。ママが村瀬百合といって、二十九歳、裏でホステスたちに売春をやらせてるらしいんですよ。今、伊勢佐木署の内偵が入っているみたいですねぇ。昨夜《ゆうべ》の電話の男が、松葉組の若頭補佐、伊丹誠一《いたみせいいち》、四十二歳、ママのコレです」

と親指を立てて、「こいつですよ」とベンツに乗り込むところを隠しカメラで撮ったらしい写真をテーブルの上に滑らせた。

竜次が手に取る。

「ホォ〜、一癖、いや二癖あるけど、苦み走ったイイ男だねェ。どう、ヨッコちゃん、君の好みではな〜い？」

見せられたヨッコは、思わず写真を覗き込む。

「もォ〜。嫌いッ、竜次さんたらァ。アタシの好みは知ってるでしょ？」

滝本が巨体を揺すって爆笑した。

「ワッハッハッハ、いやこりゃ参った、ご馳走様。一本取られましたね。いや笑い事じゃなく、かなり残忍なヤツらしいですよ、この伊丹は。組員からも恐れられているそうです、気を付けてください。あっ、それから高山勝利《かつとし》、スキンヘッドのほう、ボクサー崩れの用心棒です。直ぐメリケンサックを使う荒っぽい奴です。頬傷は小野繁治《しげはる》、こいつはナイフが得意らしい。だからテメエも頬を切られた」

と、高山と小野の写真を並べた。

「こいつはご存知、弁天のマサこと橋本正男。もう倉嶋さんにとっては愛しいでしょ？」

小太りの猪首、橋本正男の一重瞼がカメラを睨んでいた。

「いやぁ、俺はこいつをトチリのマサと改名させてやりたいくらいだよ。いや、ドジマサだな。可哀そうに、小指が何本あっても足りない、耳の穴もほじれなくなっちゃう」と竜次。

「冗談が上手いんだからぁ。あっ、これが岡崎桐葉、十八歳、女子大生です」

金髪に染めて、付けまつ毛で化粧もバッチリ極《き》めてる。

「そう、間違いない。この娘《こ》だ。……これで六人か！」

あの地下倉庫には、巧妙に隠された外へ通ずる抜け穴が確かに存在した。

この後の彼女らの隠し場所が何処なのか、しらみ潰しに近辺を捜索したが、他の中華料理店から激しい抵抗にあったり、地元を管轄する加賀町署としては痛し痒しだったらしい。

加えて深夜の捜査だ。もう既に閉店してしまったとか、店の者が帰宅してしまったとか――

――悪条件が重なりすぎた。

さて、奴らの目標とする人数はあと何人なのか？ ハントしようとする女性の数は？ 皆目、見当がつかない。松葉組とチャイニーズ・マフィアとの結託・共謀はどのくらい強く繫がっているのか？ そして小枝子の身代金は？

宗像と貞子を探し出さねば……。竜次の頭は混乱していた。しかし、一つずつ潰していかなければならないのだ。まずは、今夜の倶楽部ユリへの乗り込みだ。

一つ滝本に提案した。

「滝さん、一人若いデカで、僕の舎弟分を演じられそうな度胸のある、奴らにまだ面《めん》の割れてない新人がいますか？ 推薦してくださいよ」

「ウ〜ン、ほんとは僕がやりたいですけど、この図体じゃもう奴らに知れ渡ってますからねぇ。……あっ、いる。昨夜の会議で右奥の隅に座ってた若いの。三好辰郎《みよしたつろう》っていう僕の大学の後輩ですが、肝は据わってる筈ですよ。この間、本店（警視庁）からウチの刑事課へ配属されたばかりの新人です。いや左遷《させん》じゃないんですよ。横浜出身だし、両親がチョッと身体の具合が悪いとかで介護を理由に自身の希望らしいです。署に戻ってから課長に相談してみましょう」

「後輩って柔道部でしょ？　滝さんが可愛がってるんだから……」

「まだ三段ですがねェ。倉嶋さんの足を引っ張らないように特訓しときますよ。体育会系だから、先輩の言うことはよく聞きますよ。じゃ、帰ります」

夜八時半、関内駅前Mビル一階〈喫茶ルパン〉で待ち合わせたいと、三好辰郎には伝言を頼んだ。

2

時間がありすぎる。

佐伯家に表敬訪問を思いついた。暫くぶりだ。状況報告ということで警察抜きで、竜次一人で出掛けた。

何日かぶりに、高さ三メートルの鈍色《にびいろ》の鉄門の前でチャイムを押すと、前とは違って直ぐに応答があった。

「どちら様ですか？」

温かい響き。貞子の氷の声とはまるで違う。雲泥の差だ。

「探偵事務所の倉嶋と申します。佐伯社長か、亜里沙お嬢さんにお目に掛かりたいのですが」

チョッと待たされて、はい、どうぞ、の声とともに通用門を開錠する音がした。

竜次が好きな車道のスロープを歩いていくと、幾つかの花壇には色とりどりの見事な花が咲き、散水器からほとばしる飛沫が陽光にきらめき、芝生の緑が目に鮮やかだった。

玄関ポーチに立ち、またチャイムを押した。

二重の防犯チェックは完璧だ。直ぐにドアが開いた。

貞子いや林朱芳とは違う、前回見た人の良さそうな小母さん風の五十年配の女性が迎えてくれた。新しく雇い入れた家政婦だ。

「お待ちです、こちらへどうぞ」

玄関ホールから正面の両開き扉を開け、広いリビングへ入る。

「何だ、その格好は？　探偵か？　間違いないな！」

相変わらず昼間から酒びたりの佐伯家当主、剛史の大音声が響いた。

いつも通りブランデーグラスを鷲掴みにして、キューバ葉巻の煙を噴き出し、パジャマに絹のガウンを羽織ったお馴染みのスタイルだ。顎と頬を白い無精ひげが覆《おお》って、やはりこのところの騒動は精神的にもかなり応えているらしく、とても大製薬会社の社長には見えない。

「実は今晩、松葉組の息の掛かった関内のクラブにヤクザ者を装って乗り込みますんで、その変装のまま、失礼致します」

と、向かい合ってソファに腰を下ろした。

その時、ドアが開き亜里沙が駆け込んで来た。

ハッと息を呑む音――。

立ち竦んだ亜里沙に、竜次は安心させようと立ち上がった。

「ご心配なく、倉嶋です。そんなに見違えましたか？　変装の甲斐があったなぁ」

亜里沙は不思議なな生きものでも見るように凝視している。

「おい探偵、小枝子に会ったそうだな。元気だったんだろうな？」

佐伯が喚いた。亜里沙が小走りに来て、竜次の隣に腰掛け、両手を白くなるほど握り締めている。

「ええ、昨夜確かにお会いしました。この間、港の見える丘公園で見た時よりチョッとやつれていましたが、お元気でした。誘拐された六人のリーダー格のようで、しっかりしてましたよ。食事もきちんと摂って、大事にされている感じでしたねェ」

亜里沙はほっと胸を撫で下ろし、細い溜息をついた。

「何故、貴様一人で乗り込んだ？　警察と一緒だったら、救い出せたかも知れんだろうが」

ブランデーグラスにかぶりつく勢いで、グビグビと中身を飲み干した。

「お〜い、良枝ェ〜」

と、今度の新人家政婦を呼ぶ。

「お父様、ワタシが……」

亜里沙がサッと空のグラスを掴んで、ホームバーカウンターへ行く。

酒乱に変貌するかどうかの限界ギリギリの線だ。

「社長、気になってたんですが、何故最初、公開捜査を止め、身代金もためらったんですか？」

竜次は思い切って、切り込んだ。

佐伯は、暫く竜次をその赤く濁った目で睨んでいたが、突如、クシャクシャと顔が歪み「ワッ」と泣き出した。

暫くテーブルに両手を拡げて支え、うな垂れて肩を震わせていたが、そのブルドック顔がゆっくりと上がった。

「俺の一番弱いところを衝《つ》いてきたな。俺はなぁ、小枝子の父、若林誠から、富士代を略奪したんだよ。俺のところで総務課長だった若林の女房だった富士代を見初《みそ》めて横恋慕してなぁ、どうしても我が物にしたくなったんだ。俺も前の女と別れた後で長男の俊彦がいたが、寂しかったんだ……若林に仕事上の難癖をつけて解雇し、強引に富士代を奪ったのだ。その後に富士代との間に亜里沙が出来たが、亜里沙は間違いなく俺と富士代との間に生まれた娘だ。それに比べて俺は、小枝子を見ると若林を思い出してなぁ、どうしても……若林に対するジェラシーに苛《さいな》まれていたんだろう。だから小枝子にも辛く当たった。母親の富士代を愛していたのになぁ」

大の男が恥も外聞もなく、自分の弱みをさらけ出している。

「俺もサエキ製薬をここまで大きくするには、人の恨みを買い、人を泣かせ、合法スレスレのトコロで横暴の限りを尽くしてきたが、今この地位を築いて思うことは、小枝子に対して謝罪と愛情を示さずして父親と言えるだろうかと、遅蒔きながら気が付いたということだ。哀れだろう?」

亜里沙はブランデーグラスを載せたトレイを持ったまま、棒を呑んだように佇んでいた。涙がツゥーと頬を流れ落ちた。多分、初めて聞かされた父親の告白だったのだろう。その衝撃たるや……。

「社長、軽々しくはお約束できませんが、必ず小枝子さんを救い出します。亜里沙さんも、力を落とさず待っていてください。吉報をね!」

何の確証もない言葉だけが、虚しく竜次の口をついて発せられた。

まだ酒乱と正気の境の壁を越えていないらしい佐伯が、そのブルドッグ顔を歪ませて苦しそうに吐き出した。

「それともう一つ、貞子だがなぁ、七年くらい前だったか、林勲夫《いさお》という男と貞子を夫婦共々、家政婦と運転手兼庭師として採用したんだ。ある時まだ小学生だった小枝子が、庭で飼い犬と、あの二頭のドーベルマンな、名はタイガーとジャガーというんだが、ボール遊びをしていた時、夫の林勲夫は芝刈り機で芝を刈っていたんだが、興奮した犬が小枝子に飛び掛かり、小枝子は電動式の芝刈り機の前に転んだんだ。エンジン式だから急に止めることができず、小枝子に乗り上げて、鋭い刃が足を削ってしまうという不慮の事故が起こった。今でも小枝子の脛にはその時の傷が残っているが、激怒した俺は、林をゴルフのアイアン・クラブでぶちのめした。貞子の真ん前でな。大怪我を負った林は二日後、姿をくらました。突然、運転手を失って困っていたわしの前に、貞子が連れてきたのが宗像だった。まさか、実の息子だったとはなぁ……。それ以来、復讐の機会を窺っていたのだろう、母子でなぁ。そして華僑のチャイニーズ・マフィアと繋がり、今度の拉致誘拐計画に乗って、小枝子の身代金誘拐を策したのだろう……。君が宗像に後ろから頭をスパナで殴られ、五千万を奪われるまで、髪の毛一筋ほども疑ってはいなかったんだ。これが本当に飼い犬に手を噛まれるというやつだ。ハッハッハッハッハ」

まだ、ラ行とダ行はキチンと区別されていたが、佐伯の力ない笑いが虚《うつ》ろに響いた——。

3

いつもの通り一五分前には、待ち合わせ場所、関内駅前の喫茶ルパンへ行って、窓際のボックスでコーヒーを飲んでいた。数刻前に聴いた佐伯の衝撃的な話を思い出しながら飲むブラックコーヒーは舌に苦かった。

オートドアが開くので眼をやると、青白い顔の二枚目が立ち、店内をひと見回しして竜次を見つけると真っ直ぐに歩いて来て、眼の前に立った。動きに無駄がない。

それらしく、ブルーのカラーシャツの襟元から派手なスカーフが覗き、本人は暴力団員に成り切ったつもりらしい。

「倉嶋さん。三好辰郎です」

敬礼ではなく、四十五度に腰を折って頭を下げた。

「さぁ、どうぞ」

竜次は向かいのシートを指して勧めた。

「コーヒーでいい？　もしかして辰年？」

「ハァ」

怪訝そうな顔つきで頷き、竜次を見つめた。

「僕よりひと回り下かァ、僕の辰《たつ》はこっちの竜《たつ》でリュウと読むんだ。同じ干支《えと》だもん、気が合いそうだね」

テーブルに人差し指でグラスの水をつけて、竜と書いてみせた。

「宜しくお願いします。足手まといにならないよう頑張ります」

「まぁ、そう硬くならずに。喋りは僕に任せて、君は黙ってればいい。時々相手の顔を見てくれ。恐い顔じゃなく、普通にね。そのほうが恐いんだぜ」

「勉強になります」

「ハッハハッハハ、もし修羅場になったら、思いっ切りやってくれ。今まで、そういう乱闘場面に遭遇した経験は？」

「三課の配属でしたから、空き巣とか盗難車の捜査とかで、さっぱり……」

「そりゃ、楽しみだなぁ。柔道三段の腕が泣いてるだろう。あっ、それから、僕のことは『若』とか『カシラ』と呼んでくれるか、若頭《わかがしら》だ。OK？ さ、出掛けよう」

不老町《ふろうちょう》二丁目ポールスタービル二階、倶楽部ユリ――。

チーク材のアンティークドアには、やはり『暴力団お断り』と『会員制』の札が並んで貼ってある。

ドアを押すと、三坪ほどの大理石のフロア、右側にクロークがあり、中にはバニーガールが二人。黒服が慇懃《いんぎん》に迎えてくれた。

「いらっしゃいませ」

頭を下げたが、品定めの目線で竜次と三好をねめ回し、ねちっこく訊いてくる。

「どなたかのご紹介ですか？」

「ああ、ママの村瀬百合はんや。倉嶋っちゅうもんや」

とぞんざいな関西弁で横柄に言った。

隣の三好が驚いて竜次の横顔を見るのが感じられた。（バカッ、こんなところで反応するな）

黒服の眉毛が片方だけわざとらしくキューと上がった。

「お待ちください」

そう言って、バニーバールに頷き、正面のもう一枚の真鍮入りの装飾ガラスを施《ほどこ》したオーク材のドアを開けて、店内に入っていった。クラシカルなピアノ演奏の曲が漏れてきた。

バニーガールが、お預かりしますと、竜次のトレンチコートに手を掛ける。ポケットのビリヤード球が重いだろうと思いながら脱ぎ、手渡した。

バニーがクロークのハンガーに吊るし、「お預かり札です」と一三番のプラスティックカードを渡された。不吉な番号だ。

黒服が戻って来て「御案内致します」と気取ってドアノブを捻って開け、掌で指し示す。

入ると、三〇坪ほどの広さの豪奢な店内が目の前に開けた。

真っ黒の毛足の長い絨毯が敷き詰められ、ホワイトパール・カラーの本皮のソファが十セットばかり、客の入りは五分程度か。二、三人の客に対して五、六人の粒選りの美貌のホステスが侍《はべ》っている。これが売春組織の表の顔なのだろう。

左側に一〇人ほど座れるバーカウンターがあり、客が三、四人、ブランデーグラスを前に気取った雰囲気で飲んでいる。

自分の女の番を待っているのか？ 皆スーツ姿だ。

中にバーテンダーが一人、澄ましてシェーカーを振っている。

そのバーカウンターの奥にアール型の小さめのドアが見えるが、事務室か何かに通じているのか――。

黒服が、小型のグランドピアノの前のボックス席に案内する。弾き語りの女も眼を引く美しさだった。黒服が片膝ついて訊いた。

「お飲み物はブランデーで宜しゅうございますか？」

この店の決まりらしい。

「いや、わいはバーボンを。ワイルドターキー十三年にしてくれんか」

「さぁ、私共の店にはバーボンは置いておりません。皆様コニャックをお飲み頂いております」

黒服が片頬に冷笑を浮かべたのを見逃がさなかった。

「気取ってまんなぁ、まぁええわい。そいつをくれや」

思い切り、柄の悪い関西ヤクザを演じる。

「お連れ様もそれで？……畏まりました」

黒服がバーカウンターへ去る。

煙草を咥えた。おい三好、と顎を突き出す。三好刑事は慌ててポケットからライターを出し、火を点けた。使い捨ての一〇〇円ライターだ。（このバカッ）

「いらっしゃいませェ」

とハスキーな低音の声が聞こえ、正面のスツールに髪をアップにセットし、和服を着た妖艶な美女が座った。

「ああ、ママちゃん、村瀬百合さんやね？」

馴れ馴れしく笑って言う。伊勢佐木署の内偵のスナップ写真で覚えた顔は脳に叩き込んである。

「まぁ、初めてなのにどうしてワタシの名前をご存知？　どちらから？」

眉を潜めて、媚《こび》を含んだ眼で探るように訊く。

「ウ、ウン、大阪からや」

とぼけて煙草の煙を天井に向かってフゥ〜と吹き上げる。

「まぁ、関西連合の……」

勝手に思い込んでくれた。

黒服がクルボワジェＸＯのボトルとアイスペールとグラス何個かをテーブルに並べていく。

「いらっしゃいませぇ〜」

と、四人の若いホステスが甘え声でズラッと脇に腰を下ろした。早速、厚かましいおねだりが始まった。よく仕込まれている。

「アタシたちにもご馳走してェ〜、ドンペリのピンク、宜しい？」

「おお、何でも飲めや。よっしゃぁ、ママちゃんの歳ィ、当ててみるでぇ？」

とこういう場では定番のお遊びだ。

「ワァ、当てて当ててェ。私たちも知りた〜い」

周囲のホステスが囃《はや》し立てる。

「こちらの若いお兄さん、イケメンねえ。アタシの好みィ。お名前は？」

三好刑事は両側から、しな垂れ掛かられて硬くなって肩をすぼめている。竜次が助け舟を出してやった。

「三好のタッちゃんって呼んであげてや。可愛いやろ？　まだ二十四歳やで。ママちゃんは、三十歳！　どや」

「惜しいッ」

ユリも乗ってきた。

「一つ引いて二十九歳！　どや？　なんや、叩き売りみたいやな」

「ワァ、ぴったり！」

「こんなクラシックより、ロックが好きやろ」

ピアノ演奏を指差して言った。

「ローリングストーンズのミック・ジャガーとかプリンスとか……どや？」

こっちはもう、調べは済んでる。昨夜、電話のバックで流れていた音楽だった。

「ワア、驚いたッ。倉嶋さんて占いができるの？」

本当に驚いている。ユリが黒服を手招きして呼び、耳打ちした。

すると、「畏まりました」と言って去って行った。

三好刑事はホステス連中にイジラレている。太腿を撫でられ、手を握られ、お色気攻勢にしどろもどろしている。おそらくこんな接待は初めてだろう。顔が真っ赤だ。

（しっかり頼むでェ、辰郎ちゃん）

その時、カウンター奥の事務所から店側のドアが開いて、松葉組若頭補佐、伊丹誠一を先頭に三人のザ・ヤクザが出て来た。

スキンヘッドの高山勝利、頬傷の小野繁治、猪首の弁天のマサこと橋本正男、皆ピシッとスーツ姿だが、そのスーツの下は肋骨骨折の手当てのサポーターでぎっちり締めている筈だ。

（そうだ、今日は三人とも伊丹に呼び付けられていたのだ）

「いらっしゃい」

昨夜ケータイで聞いた太い低音で言って、伊丹が正面の肘掛ソファに腰を下ろした。

薄紫色のシルクのダブルのジャケットに派手なネクタイ、写真で見た通り苦み走った貫禄充分の押し出しだ。

後ろの三人に『帰れ』のジェスチャーで手を振った。

三人が頭を下げながら通り過ぎて行く。

最後の橋本正男がフッと足を止めて、訝《いぶか》しげに竜次を見た。

今日は、鼻っ柱のガーゼと絆創膏は外していたが、昨夜喰らわしたパンチでパンダちゃんの黒目になったのだろう右目に眼帯を掛けて、見難《みにく》い片目で顔を斜めにして不思議そうな顔つきでジッと見つめている。

（バレタか?）

竜次はヨッコが強調してくれた顎の傷痕を、煙草を挟んだ指で隠して、『何か?』という感じで平然と見返した。

「何やってんだ?」

と伊丹が振り返って言った。

へい、と頭を下げて橋本は二人の後を追ってドア口へ去って行った。

「目障りで済みません。ウチの三下ですわ。あっ、申し遅れました、松葉組若頭補佐、伊丹誠一です」

「ああ、関西連合大曽根組の倉嶋です。伊丹はん、突然スンマセン。新宿へ顔を出して、その帰りなんですわ」

「へえ、本家《ほんけ》に……いやぁよく寄ってくれました。今日はゆっくりと遊んでってください。お好みのレコを早いとこ見つけて。ハッハッハッハ」

鷹揚に小指を立て、周囲のホステスたちを指差した。

「おい、皆んな、席を外してくれ」

ホステスたちが「はぁい、タッちゃ～ん。またね～」と媚を売って、席を立って行く。

「ウチの若い衆で、三好辰郎言いまんねん」

三好は黙って頭を下げた。真面目に竜次の若い衆を演じている。

「三代目はお元気ですか？この間の襲名祝い以来お会いしてませんが」

三好をチラッと見て、直ぐに身を乗り出して訊いてきた。

「ええ、元気だっせ。丹羽会長の後やから、そりゃまとめるのもシンドいですわなァ」

大股開きの足を組んで、ズバリ核心を衝いた。

「……ほんで、こちらさんと香港のほうとは上手く行ってまんのんか？」

伊丹は一瞬、ウン？と怪訝な表情になった。

「よくご存知ですなぁ。チョッと急いで、そろそろ送り出す算段も考えんといけません」

「ほぉ～、やっぱりマレーシア船でっか？」

「ええまぁ、その計画ですけど……」

疑惑の陰が顔を覆っている。

「シノギがきついですわなぁ、お互いに。……おい三好、時間は？」

「ワカ、そろそろ……」

三好も腕時計を見て、それらしく応じた。

「よっしゃ、伊丹はん、勘定して～な。まだ、色々ありまんのや」

「いやいや、今日は……」

伊丹が掌をヒラヒラ振るのを押さえて言う。

「何言うてまんねん、名刺代わりいうことで。頼んますわ」

「そうですか、おい、佐山」

と、両手の人差し指でバッテンを作って黒服を呼ぶ。黒服が勘定書きを持って膝をついた。

見て、キツイ一発をかましてやった。

「フーン、ぼったくってまんなぁ、まぁお互いシノギはきついさかいなぁ。分かりま」

伊丹が片頬ゆがませて渋い表情をした。

「心配せんといて、必要経費で落ちまっさかい」

と、三好に『二五万円』の勘定書きを見せて、きれいに払ってやった。

三好は、どんなリアクションを取ればいいのか分からない雰囲気だった。

「さ、行こか」

立ち上がると、さっき席に着いていたホステスたちがワッと寄って来て、口々に「もうお帰り?」「またいらしてね」と騒々しい。

クロークでトレンチコートを受け取り、廊下へ出る。

伊丹もドアまで送って来て「三代目にどうぞ宜しく」と丁重に頭を下げた。

「伊丹はんも大阪のほうへ来たら、寄っておくれやっしゃ。ほな」

ママが螺旋《らせん》階段を下りて、一階の大理石を敷き詰めたビル・エントランスまで見送ってくれ、至れり尽くせりの接待を受けた感じだった。倶楽部ユリを後にして、歩きながら三好辰郎が興奮した口調で話し掛けた。

「いやぁ、僕にとっては何もかも初めての体験でした。相手は松葉組の若頭補佐ですかぁ……倉嶋さん、いきなり関西弁ですものねぇ……どう反応したらいいのか……」

「ハッハッハ……」

空を仰いで高笑いした後、唇の端で囁いた。

「尾行《つ》けられてるぜ。さっき、先に出てった三人だ。振り返るなッ、いいか、奴らの得物はナイフとメリケンサックだ。油断するなよ。もしかするとクラッカー(拳銃)も隠してるかもな」

案の定、左側の三〇台ほど停められる駐車場の前で呼び止められた。

「倉嶋さん、倉嶋さんですよね？」

ゆっくりと振り返った。黒眼帯の橋本正男が顔を斜めに見ながら立っていた。ニコッと笑って、カツラとサングラスを外し、口髭をベリッと剥がした。コートの左のポケットへ仕舞いながら揶揄《からか》ってやった。

「よく分かったねぇ。おやおや、弁天のマサさん、今度は眼帯かい？　もしかして、その下はパンダちゃん？」

頭に血が上りやすいマサは「野郎ッ」と喚いて、見え難《にく》い眼帯をむしり取った。やはり真っ黒なアザになっていた。

スキンヘッドの高山は左手にメリケンサックを、頬傷の小野はナイフをもう準備している。隣で三好刑事が内ポケットから伸縮三段式の特種警棒を取り出し、手首を振った。三九センチの長さに飛び出した。剣道の有段者なら鬼に金棒だろう。落ち着いている、大丈夫だ。

「行くぞ」

と竜次は低く言って、先手必勝とばかりにこっちから攻撃を仕掛けた。ナイフの小野は三好に任せた。

高山の左フックをダッキングして避け、衿を掴んで股間を膝蹴りだ。「ウグッ」と顔をしかめ、内股になって痛みに耐えるトコロを懐に飛び込み、背負い投げで駐車中の車のボンネットに叩き付けると、ベコッとボンネットが凹んだ。持ち主はさぞビックリするだろうが、加賀町署が公費で弁償してくれる筈だ。

高山は金的蹴りで既に悶絶していて、ボンネットを滑って頭からずり落ちた。

後は弁天のマサだ。振り返ると今まさにベルトから拳銃を引っこ抜こうとしている。

パンダの右目が利き目なのだろう、狙うが見え難《にく》そう。

竜次はポケットからビリヤード球を取り出し、直径五七ミリ、重さ二五〇グラムのボールを投げつけた。

現在の硬質プラスティック製ではなく、象牙で出来た硬い球——ストライクだ。

事務所で暇さえあれば、一〇メートルの距離から三〇センチの的を目掛けて投擲《とうてき》の練習を欠かしたことがない。命中率九〇パーセントの確立だ。

引き金を引くのと、マサの顔面に球がぶち当たったのが同時だった。

ダーンと発射音、トレンチコートに穴が開いたろう。

駆け寄り、落としたコルトオートマティックらしき拳銃を蹴り飛ばし、マサの後ろ襟首を引っ掴み、駐車中の車の陰へ引き摺り込んだ。

振り返れば三好刑事が特殊警棒で叩きのめしたナイフ使いの小野と、金的悶絶の高山の二人の手首を手錠で繋いでいる。顔面蒼白になって、ケータイを取り出しパトカーの緊急手配を始めた。

竜次は橋本マサの衿を掴んで、引っ張り起こした。

ビリヤード球が命中して歯が折れたらしく、口からダラダラ血を流している。

「おいマサッ、誘拐した女の子たちは何処に隠した？　ドラゴンヘッドとの連絡方法は？　言えッ！」

ガツンと拳を鼻っ柱に叩き込んだ。

「ウグ、ウガ、グゥッ」

何を言ってるのか分からない。もう一発叩き込んだ。

今度は左目だ。両目がパンダ目になりゃ、釣り合いが取れていいだろう。

「俺は警官じゃない。吐くまでやるぞ」

「ウグ、ウガ、グゥッ」

歯が二本零《こぼ》れ落ちた。

「今日は電話番号を書いたマッチは持ってないのか？」

首をガタガタ揺り動かした。

その時、サイレンを鳴らしてパトカーが到着した。

制服ポリスの敬礼を受けて、三好刑事が高山と小野の二人を引き渡している。こっちも血だらけの弁天のマサを引き立て、三好に渡した。この後の竜次は三人の尋問には立ち会えぬが、これは三好刑事や捜査本部に任せるより仕方がない。

事情聴取に付き合ってください、ということで、また取調室行きだ。倶楽部ユリで仕入れた分かった限りの情報は提供せねばなるまい。目指すところは一つだ。

4

またヤラレた。今度は鶴見区だ。

立て続けに二件の拉致誘拐――七、八人目の犠牲者が出た。

今までは加賀町署管内での発生だったが、今や時とトコロを選ばず、絞り切れない。

報道メディアからの、警察への非難の風当たりは日毎に強くなり、この七、八人目の人攫《さら》いで市民の警察への不信感、口撃は沸点に達した感じだ。

業を煮やした警察庁は、梃子《てこ》入れのためにと、切れ者と評判のキャリア、中里康一警視を捜査本部長として送り込み、捜査陣の一新を図った。

中里はキャリアの部下、捜査員一〇名を引き連れて颯爽と乗り込んで来た。手狭になった会議室から、三階の講堂の半分を使用できる態勢に整えたが、加賀町署内部には生え抜きの叩き上げ刑事小沢デカ長を筆頭に、腹の中では（フン、できるものならやってみな）と、お手並み拝見のシラケた雰囲気が充満していた。テレビの刑事ドラマで見る高学歴のキャリア組と地味な叩き上げ所轄刑事の対立なんて図式に見て取られる空気が溢れている。

竜次からもたらされた情報では、チャイニーズ・マフィアと松葉組が結託しており、近日中に船で送り出す計画のようだが、マレーシアかパナマかアフリカ船籍か。また、その出発日はいつなのか？

最優先事項は拉致誘拐された女性たちの　現在の隠し場所を探り出し救出することだ。言うことを聞かない囚われた勝気な二人は、どうやら強制的にアヘン中毒者に仕立て上げられたらしい。

突破口は、松葉組幹部伊丹誠一、宗像昇（宗許果）、林貞子（林朱芳）、閉店のままの翠香楼のあばた面の支配人、チャイナドレスの美貌の女――これらの顔写真がグリーンボードに張り出され捜査員全員に配布された。

攫われた女性たちは誰も、怨恨や利害等のトラブル、負の人間関係は何も見当たらない。美女を見つけたら、行き当たりバッタリ傍若無人にカッ攫う犯行なのだ。

海上保安庁との連絡も密にして、横浜港沖合いに停泊する外国の貨物船を第三管区海上保安本部が不審船対策として強制立ち入り検査を重ねることで、発見摘発ができたら……。海上保安庁のそもそもの任務は密漁や密輸、密入国といった海の犯罪を取り締まることであり、今回の最重要事項は我が日本国民の中国への人身売買の密輸摘発だ。

滝本警部補から竜次へ順次、捜査の進行状況、方針が伝えられてくる。全捜査員が足を棒にして関係各所を洗っているそうだ。

（中華街を離れるな、中華街を探れ）

竜次の本能的な勘が、そう囁いている。

宗像と貞子の母子も、一日中隠れ家に閉じ篭ってもいられまい。コンビニとかスーパーとか日常の必需品が切れたら買出しに外出して来るだろう。千に一つの偶然を当てにするより仕方ないのだ。以前、新大久保駅のキップ売り場で陳《チン》と張《チョウ》を発見した僥倖《ぎょうこう》のように、儚《はかな》い希望だが、今はそれに縋《すが》るしかない。

逮捕したスキンヘッドの高山、頬傷の小野、弁天のマサこと橋本正男は雑魚《ざこ》のチンピラだ。大事なトコロは全くご存知ないのだろう。三好辰郎刑事が連日取調べ室で吊るし上げているらしいが――進展なし。

捜査本部にも焦りの色が濃く、疲れの見える刑事部屋だったが、夕方、またもやあざ笑うように、驚天動地の拉致誘拐事件発生の通報がもたらされた。

伊勢佐木署の目と鼻の先、長者町六丁目シネマリンの映画館から出て来た直後にカップルの女性が拉致されたのだ。殴り飛ばされたボーイフレンドの一一〇番で非常線が張られた。

黒の軽ワゴン。多分盗難車だろうが、制服警官が黒の軽４ＷＤを重点的に停車させ、検問を続けたものの、どう網の目をかい潜ったか、杳《よう》として姿をくらましたのだ。

またも警察の失態だ、黒星だ。轟々《ごうごう》と非難の嵐が巻き起こった。九件目の誘拐事件だ。大胆不敵な人身売買組織は、一体何人の若き女性を攫おうというのか？

竜次はこの日、中華街大通りから右折した市場通りにいた。食材を売る食料品店を見張れる〈サンファミリー・コーヒー〉の二階で、外を見渡せる窓際のカウンターに陣取り目を光らせている。竜次一流の嗅覚、勘だ。気長で辛抱を強いられる張り込みである。

その時――。

ガタガタッと二段飛びで、三好辰郎刑事が階段を駆け上がって来た。若い顔が興奮の色を見せて周囲を見回し、竜次を探している。

「三好君、こっちだ」

手を上げて合図した。

「若、図星ですよ」

松葉組の伊丹の前ではそう呼べと言ったことを、まだ律儀に守っている。さすが体育会系の仕込まれ方。竜次も苦笑いだ。

「この付近で貞子を見掛けたという情報が二件ばかり、掴めたんですよ。顔写真を手に執念の聞き込みが功を奏したという感じですね」

得意そうな顔が微笑ましい。

「う〜ん。人質九人分の毎日の食事の世話は貞子が担当しているのだろう、その他こまごました日用品の不足分の買出しもな。被害者を大事にしているようだ。隠し場所はこの近辺に絞って間違いないな。よし、張り込み人数を増やせないかなぁ、捜査会議の俎上《そじょう》に上げてもらえると有り難いなぁ。山崎課長から本部のほうに進言してくれないだろうか」

「上手く網に掛かればいいんですがねぇ。じゃ早速行って来ます」

喜び勇んで三好刑事は階段を駆け下りて行った。まだ若いが、やる気満々だ。

さて、地味な長期戦になるぞ、と竜次は腹を括《くく》った。

腹も空くし、酒も飲みたいが……。

(それもワイルドターキーの十三年……我慢我慢だ)

突然目の前に、今回の件の最初の依頼主、佐伯亜里沙の顔が浮かび上がった。

何か随分長い間、連絡を取っていないような……。声を聞いていないような……。この間、佐伯家を訪問した時は何も話せなかった。父親の佐伯剛史のエグイ告白を聞いて、さぞ、小さな胸を痛めて心配していることだろう。

ケータイをプッシュした。『……父が着手金を振り込みました』と、あの台風十四号来襲の日以来のケータイだ。呼び出し音が一〇回――留守電案内に変わった。

『留守番電話にお繋ぎ致します。メッセージの後に……』

「亜里沙さん、しばらく。連絡しなくてゴメンナサイ。今、中華街で張り込み中です。貞子を二度ほど見たという情報が掴めたんでね。藁《わら》にも縋る思いだけど、懸命に頑張ってるからね。何かあったら連絡ください」

――直ぐに連絡が来た。何かあったのだ。息が弾んでいる。

「倉嶋さん、今、車が襲われてたんです。前に車が二台通せんぼして、窓が割られて、乗り込んで来そうだったんですが、今度の運転手の近藤さんが車をぶつけて隙間を作って逃げてきたんです。一台の車に宗像が乗っていました」

「何ッ、宗像が？」

虚を衝かれた思いだ。ズキッと心臓が蒼《あお》ざめた。

一〇〇パーセント小枝子捜索で気を取られている隙を狙って、妹の亜里沙に魔手を伸ばしてきたか……やはり杞憂ではなかった。

「それで亜里沙さんには怪我も何もなく、無事だったんですね？」

「ええ、先の尖ったガラスハンマーで窓を割られ、腕を突っ込んできてドアを開けられそうになったんですが、近藤さんが振り切って前を塞いだ車を押しのけて、たった今、家へ帰って来たばかりです」

「そうですか……無事で良かったァ……」

安堵感が太い溜息となって吐き出された。

あの頑丈なロールスロイスなら、そんじょそこらの国産自動車など物の数ではない。軽々と押し退けるだろう。

このところ、亜里沙はフェリス女学院の通学の往復を、たった五分の距離だが、新しく雇った警備会社から派遣された近藤運転手に送迎してもらっていたのだ。元警察官の経歴を持つベテランだった。

夜間も二頭のドーベルマン、タイガーとジャガーが庭に放し飼いされ、近藤の時間不定期の警戒見廻りも怠りない。

貞子と宗像は前回の身代金奪取に味を占めて、亜里沙の誘拐も計画したのだろう。母子共々、佐伯剛史に対する復讐の念に凝り固まっての仕業だ……ただの誘拐とは違う。

夫の林勲雄にくだされた、小枝子への不慮の事故に対する酷《むご》たらしい佐伯のゴルフクラブでの仕打ち――どれほどの後遺症が残ったのかは知らないが、姿を消した夫を思う貞子の胸中は如何ばかりか、何の感情も表さない氷の声に変わったのも頷ける。感情は死んだのだろう。そして、実の息子、宗像昇を呼び寄せ、紹介し、雇用させて、母子二人で復讐の機会を狙っていたのだ。

香港マフィアとのコネクションが出来、人身売買の拉致誘拐に便乗し、柳の下にいる二匹目の泥鰌《どじょう》を得ようと企んだのだろう。二人にとっては、佐伯に対する個人的な怨念だ。

竜次が懸念した、小枝子に続いて二度目の誘拐に備えて車での送り迎えを勧めていたのだが、それが功を奏した模様だ。

これで、妹の亜里沙まで狙われていることがはっきりした。

油断は禁物だ。戒めの心を緊張の糸で張った。

ケータイでたった今勃発した事案を、捜査本部の山崎刑事課長に報告した。今後は加賀町署が責任を持って対策を立て、対応すると約束してくれた。直ぐにも、あの豪邸に駆け付けてくれるだろう。警察の矜持《きょうじ》に懸けて、面子《めんつ》に懸けて、これ以上の拉致誘拐事件を許してはならないのだ。

警察の威信を懸けた覚悟が感じられた。

「お客様、席を一つ詰めて頂けますか？」

セルフサービスのサンファミリー・コーヒーのウエートレスが、厭味ったらしく二度目の催促に来た。

もう三時間以上このカウンターに根を張ったように張り込み、尻が痛い。

警察と探偵の違いは、公権力の有無だろう。警察のようにこれを執行すれば、この場所も時間も文句なく押さえられるのだろうが、悲しいかな、しがない私立探偵の身では、家賃でも支払わないともうこの場所から撤退せねばならぬ状況だ。

「分かりました。長いことお邪魔してすみません。今、出ます」

と未練がましく腰を上げ、窓外に目をやると、貞子がッ――！

スカーフを被ってひっ詰めた髪を隠し、真っ黒のサングラスで顔を覆い、食品材料店から、一杯に詰まったビニール袋を二つ抱えて急ぎ足で出て来た――狙いはズバリ当たったのだ。入る時を見逃したのか、それとも裏口から……。

直ぐその後ろから、滝本浩介警部補の巨体が身を小さくして尾行している。小さくかがめたって隠しようのないデカさなのに……竜次の張り込み場所を三好刑事から聞いていたのだろう、上を見上げてニッと親指を立てた。竜次も親指を立てて応え、まだ傍に睨みつけて立つウエートレスにニコッと愛想を振り撒いて、階段を駆け下りた。

「滝さん、よく見つけましたねェ、彼女がアジトまで案内してくれるかも知れませんよ」

「いや偶然ですよ。僕のほうがビックリしてます。最初の佐伯家訪問で会ってますしねぇ、お互い正面でブツかったら、逃げられてましたね、きっと」

「OK、尾行けましょう。左右に分かれて、尾行を開始した。

六メートル幅の道路の両端に分かれて、尾行を開始した。

滝本ほど尾行に向かない不器用な刑事はいないだろう。でも仕方がない。彼なりに懸命に人の影に隠れ目立たないよう身をかがめて尾行けているのだろうが、その身体のデカさは隠しようがない。あっ、また人の影に隠れたが半分、はみ出している。隠そうとするから余計目立つのだ。汗を拭き拭き、不器用に人の頭の上から貞子を覗いている。

（どうか、囚われた女性たちの元へお導きください）

もう神頼みの心境だった。

貞子は警戒の色も見せず、一心不乱に急ぎ足で何処かへ向かっている。

市場通り門を右折すると、中華街大通りを山下町方面へ一直線に進み、交番を過ぎて直ぐに東門だ。その手前左側の、肉まんやあんまん、甘栗などを売っているお土産屋〈洞庭閣《どうていかく》〉の地下への外階段を下りて姿を消した。

駆け寄って来た滝本の顔が、興奮で輝いている。

「ここに囚われているんですかね？」

「さぁ張り込みだ、何処だ、何処がいい？」

竜次は辺りを見回した。今こそ公権力の発動だ。警察バッチが物を言う。

「あそこと、アソコ」

竜次が指差す斜め向かいのファミリーレストランの二階の窓と、チョッと離れるが〈龍虎酒家〉の看板が出た中華料理店。双眼鏡を使えば容易く見張れる。

滝本が山崎課長に連絡を入れ、交代が来るまでは分かれて見張るために、二人はそれぞれの持ち場へ散った。

確証を得るために一人で乗り込んで失敗し、デカ連中に個人プレーと非難された二の舞は踏めないのだ。慎重の上にも慎重を期して、警察とスクラムを組んで気長に見張らなければならない。

二日間、全く動きがない——交代の張り込み班はジリジリと待つのみ。いたずらに時は刻まれていく——。

果たしてこの地下に、拉致誘拐された被害者たち九人は監禁されているのかどうか？

ただ待つのみ、見張るのみの受身の態勢に業《ごう》を煮やしたのか、捜査陣が動いた。

あのルーキー、三好辰郎刑事をお土産の買い物に走らせたのだ。それなりの格好で、それなりの雰囲気で店を訪れた――。

「アツアツの肉まん一〇個、あんまん一〇個、甘栗二袋」

張り込みの刑事たち六人が息を呑んで見守る中、大量の注文でたっぷり時間を稼ぎ、店舗内を覗いたり地下への外階段を数えたりして得た情報によると、店内は五、六坪で三テーブル、客一〇人ほどが座れる、外階段は一八段あり、ドアはスチール製の窓なし鉄扉だという。

だが、確実に九人の乙女が囚われているという証拠を握らない限り、突入はできない。

その後も、ジリジリするようなもどかしさが続いた……。

5

『ワルキューレの騎行』の呼び出し音が高らかに鳴った。

液晶画面には亜里沙の名前が――ざわざわと胸騒ぎがした。

この二日間、洞庭閣の張り込みは、捜査本部がローテーションを決めて交代で行っているので表立った竜次の出番はなく、今も龍虎酒家で張り込む担当刑事の横で身を持て余していたのだ。

「ハイ、倉嶋です。亜里沙さん、何かありま……」

終わりまで聞かず、亜里沙の息せき切った声がさえぎった。

「私のケータイに電話がありました。最初は姉で、直ぐ宗像に代わりました。それで……」

言いよどむ亜里沙の胸中を思い遣《や》り、竜次は言った。

「分かりました。差し迫ったことではないのですね。直ぐそちらへ駆けつけます」

タクシーで一〇分。鉄門の前で亜里沙が待っていた。昼間から放し飼いのドーベルマン二頭を従えて——。

通用門の錠を開けてくれ、邸内へ入る。

タイガーとジャガーは唸りもしない、吠えない、敵意を見せない。味方と認識してくれているのか? 竜次を犬の好きな人種と嗅ぎ分けているのだろう。

ボディーガード犬のシェパード、ヨッコの身替わりとして命を捧げてくれたラッキーを、あれほど特訓し可愛がった竜次だ。

二頭共鼻を擦り付けてくる。顎を撫でてやった。宅急便の配達だったら彼らはどうするのか……つまらぬ心配をした。

亜里沙と一緒にリビングのドアを開ける。酒乱の当主が迎えてくれた。

「おぅ、探偵、来たか? また、身代金の要求だ。今度は倍の一億だ。まぁ座れッ。お〜い良枝ェ、バーボンだ、トウモドコシのワイルロターキーだぁ〜」

相も変らぬ酒乱状態で内線電話の受話器に怒鳴るのを、竜次は手で制した。

「あっ、社長、私はまだ仕事中ですから、それに昼日中から酒はやりませんので」

「何を〜ッ、皮肉かァ、そデは。貴様この間俺に、酒乱を直す薬を早く造れと言ったな」

血走った眼が睨み付けている。

「いえ今日はまず、その大事な話を。亜里沙さんから……」

ハラハラ見守っていた亜里沙が、ここぞと口を挟んできた。

「私のケータイに姉の名前で着信があったんです。出ると確かに姉の声で『亜里沙、私よ、元気だからね、心配しないで』って。私が『お姉様、お姉様、無事ですか?』って叫んだら、宗像の声に代わって、『亜里沙お嬢さん、この間は惜しかったですね、もう少しでお姉さんに会えたのに……、ウッフッフッフ』って笑って、『母に代わるからね』って」

息を弾ませながら、生々しくその時のやりとりを再現してくれた。

「貞子に代わったんですね。それから?」

可哀そうだったが、先を促した。

「『貞子さん、貞子さん。姉は無事に返してくれるんですね?』って私、夢中で叫んだの。そしたら……あの冷たい声で『傍に旦那様はいらっしゃいますか?』って聞くの。私が『ええ、父だったらここに……』って言ったら」

「俺がケータイを奪い取ってな『おい貞子ッ、貴様ロういうつもりラ』と聞いたらラなァ、『またお酒をたっぷりお召し上がりになってダっしゃるのレすね』とぬかしやがる！　ラからラ、『貴様ァ、ラデに向かって口を利いてどぅんラ～』となー」

あまりにもロレツの回らない訳の分からぬ罵声に耐えかねて、亜里沙が引き取った。

「お父様、黙ってッ。私からお話しするわ」

そう言って続けた。

亜里沙から聞いた話によると、夫の勲雄の慰謝料として、身代金は倍の一億円に引き上げられたという。勲夫はあのゴルフクラブの制裁で後遺症が酷く、身体が不自由になり将来の希望を失って、飛び下り自殺――。残った貞子と息子に対して、恨み骨髄の佐伯剛史に死ぬほどの苦しみを与えて復讐してくれと遺書に託したそうだ。今度は使い古しではなく新札でも構わないから、金は亜里沙と探偵の倉嶋の二人でリュックサックに背負って持って来るように、こっちは息子二人だけで小枝子を連れて行くと。そして「警察には知らせるな。少しでも警察の関与が分かったら、もうその時点で即この話は終わりにする。あと、二人ともケータイを持って来い。探偵の番号は何番だ？　では夜九時に、ＪＲ石川町駅前のファミリーレストラン〈ドリーム〉のレジ前のボックス席に必ず座って待っていること」と言われたそうだ。

要約すれば、こういうことだった。

突然、佐伯剛史が堰を切ったように、回らぬ舌で喋り出した。

「おデは言ったんラ。貞子、おデが悪かった、お前の亭主にはひロいことをしたと思ってる、勘弁してくれ。恨んでいるラろう、憎んでいるラろう、ラが、小枝子は返してくれ、おデの宝なんラ！　お前の息子の宗像も、おデは可愛がってやったどォ、面倒はみてやる、大学へ行って勉強しドと、おデは勧めたラロ？　ラからラ頼むゥ、小枝子は返してくれッ、金はやる、頼むゥ〜とな」

酒乱の不器用な真情が溢れ出ていた。竜次は言った。

「社長、あなたの気持ちは分かりました。向こうにも多少は通じたかも知れません。ただ、事態は切迫してます。警察に知らせたら、もうこの話は終わりだと言ってますが、そういうわけにはいかんでしょう。直ぐにも対策を練りましょう」

「なんレもいいから、レったい（絶対）小枝子をとりもロしてくデェ〜」

佐伯はブルドッグ顔を歪ませて、頭を抱え込んだ。

とりあえず竜次は、捜査本部の山崎刑事課長に今聞いた話を逐一報告し、警察側の指示を待った。

気持ち的には、要求通り行動する決意を固めていた。

三星銀行大山支店長には、一億の新札をバックパックに詰めて持参するよう佐伯社長から電話で依頼してもらった。

準備態勢を整えて時間まで待機するつもりだったが、待つほどのこともなく、今度はクリーニング店の配達車ではなく運送会社のトラックの仮装車で、加賀町署本部からＩＴ関係に強い係官二名と山崎課長と滝本警部補が駆けつけた。

竜次と亜里沙の携帯電話に何やら細工をしている様子――。多分、盗聴装置と追跡装置が仕込まれたのだろう、ガラケー人間の竜次にはあずかり知らぬことだ。ただ、絶対に向こうには気取られぬよう慎重を期してくれとは注文した。

時間を置かず、三星銀行大山支店長が、またまた禿げ頭に大粒の汗を滴らせながら、営業部長に黒色のバックパックを背負わせてあたふたと駆けつけて来た。

一億円の重さは、一枚あたり一・〇二グラム×一万枚＝一〇・二キログラム、容積は縦三八センチ×横三二センチ×高さ一〇センチ――軽いものだ。

まだ九時までは三時間の余裕がある。山崎刑事課長と滝本警部補は、起こり得るあらゆる突発的な状況を考え対策を練った。

二台のケータイを持って来いということは、あちこち引っ張り回されることを覚悟せねばなるまい。スタートの石川町駅前のドリームを皮切りに、何処をどう右往左往させられるのか……捜査員を何百人配置しても足りないだろう。

第四章　奪還

1

到着したファミリーレストラン〈ドリーム〉。

レジ前のボックス席に座った時には、指定された午後九時にはまだ一〇分の余裕があった。

亜里沙は動きやすいように黒のスラックスに同色の薄手のセーター、緑色のパーカーにリーボックの赤いジョギングシューズというスタイルだった。若々しい均整の取れた見事な肢体。訊けば、フェリス女学院ではテニスクラブに所属しているそうだ。今日はメガネも外している。あれは読書用だとか。

(体育会系でよかった、駆けるのも慣れているだろう。今日は走らされそうだしな……)

竜次も、石川町駅に行く前に近藤運転手の運転するチョッとフロントが傷ついたロールスロイスで、滞在するロイヤルホテル横浜まで送ってもらい、やはり動きやすい服装に着替えた。ヨッコが用意してくれた薄手のタートルネックのセーターにバックスキンの鹿皮ブルゾン、リーバイス製のジーンズに子牛皮のスニーカー、ブルゾンのポケットの左右にビリヤード球二個。出陣準備ＯＫだ。

九月の台風来襲の時にこの話を引き受けてから二ヶ月、もう十一月も半ばを過ぎた。一億円の入ったバックパックはボックス席の脇に置いて、掌で撫でながらブラックのコーヒーを啜っていたその時、ケータイの呼び出し音が鳴った。

マナーモードに設定しておけばよかった。番号は非通知だ。

「はい……」

今や懐かしの氷の声が囁いた。

「探偵さん、翠香楼の地下室以来ね、今日は長いお付き合いになりますからね、覚悟しておいてくださいよ。まず、二人共、襟に付けたピンマイクを外して頂戴。それをテーブルの上のあなたの煙草とジッポライターの横に残して置いてね」

見られているッ――。

思わず目線が外の上方を探るのを抑えられなかった。

この間の港の見える丘公園での、身代金と小枝子の交換の時に竜次が装着し、運転する宗像に指示する声が警察へ筒抜けだった隠しマイクのことを忘れてはいないのだ。

ここから視角に入るのは二、三棟のビルと駅のホーム――。

「ホッホッホッホ、見えてるのよ。さ、早くマイクを外してッ。やはり警察には知らせたのね。こっちも警告はしたけど、承知の上よ」

　前に座る亜里沙に頷いてから言った。

「分かった。マイクは外そう。しかし、小枝子さんの声を聞かせてくれ。これが条件だ」

　前で亜里沙がパーカーの衿からマイクを外している。

「馬鹿だねえアンタも。こんなポリスが一杯のところへ連れて来るわけがないじゃないか。別の場所で息子が一緒だよ。安心おし。あとでちゃんと声を聞かせてあげるよ、心配かい？ホッホッホ」

　貞子の笑い声を初めて聞いた。

（クソッ、弱みを握られている。こちらの負けだ。言うことを聞かざるを得ない）

「九時丁度にそっちのレジの電話が鳴るからね、今度は亜里沙が出るんだよ」

　切れた。竜次はコードレスピンマイクを外しながら、聞き耳を立てているであろう捜査本部へお別れのメッセージを呟いた。

「ということで、皆さんのお耳ともサヨナラです」

　レシーバーを耳に、スピーカーに耳をそばだてている捜査陣の歯軋りと落胆の太い吐息が聞えるような気がした。

　しかし、竜次のガラケーは無理でも、亜里沙の持つスマホだったらアプリをインストールさえすれば、盗聴も位置探査も可能なのだそうだ。ＧＰＳ装置が遠隔でも現在地が判別できるとか――。竜次にはチンプンカンプンだったが、捜査本部がこちらを追跡するのは可能なわけだ。

九時――ジャストに、レジ台の電話が『プルルル』と運動会のスタートの号砲の合図の如く、高らかに鳴り始めた。

「はい、レストランドリームでございます」

蝶ネクタイに黒チョッキの支配人が、受話器に慇懃に頭を下げて話し始めた。

竜次と亜里沙はサッと腰を上げ、レジ前に駆け寄った。

バックパックは忘れずに掴んでいる。訝《いぶか》しげに支配人が視線を向ける。

「はい？　灰色のパーカーを着たお嬢さん？　いえ、緑色のパーカーを着たお嬢さんならいらっしゃいますが……お名前は？」

(貞子は色盲だ、こんな鮮やかな緑色を灰色と言っている……)

「亜里沙なら私ですけど……」

急《せ》き込んで亜里沙が支配人に言った。

「はい、お待ちください。亜里沙様ですね？　はい、あなた宛にお電話です。ハイ、これがお預かりしていた物です」

支配人が受話器と、何か膨らんだ茶封筒を差し出した。

「あっ、貞子さん？　亜里沙です。はい？……はい、あと五分きりないわ。分かったわ、六分発の大宮行き、前から三両目に乗るんですね！」

竜次はレジに千円札を放り出し、バックパックを背に担いで走り出した。亜里沙が後を追う。

「お客様〜、お釣りですぅ。お忘れ物ですよ〜」

支配人が、テーブルの上に置いたピンマイクを振り上げて叫んでいる。

竜次は亜里沙の腕を掴んで、駅前の横断歩道ではない通りを、車の流れを縫って渡り出した。

完全な交通違反だ。右からも左からも警笛が喚《わめ》く。

構内へ駆け込んだ。

券売機に千円を入れてチケットを二枚買い、改札を通り、上りエスカレーターを二段跳びで駆け上がる。

ドリームに張り込んでいたらしい刑事二、三人が泡喰って後ろを追いかけて来る。彼らは間に合うか？　貞子はこの慌てふためき様を、クスクス笑いながら双眼鏡で覗いていることだろう。

ホームに駆け上がると同時に、大宮・八王子方面行き電車がすべり込んで来た。前から三両目の車両に向かって全速力だ。

背負う身代金の一〇・二キロのバックパックなど、軽いものだ。学生時代には十種競技の練習で、体重七〇キロの仲間を背負って三〇メートル走を何本も走らされたのだ。亜里沙も必死について来る。

出発のベルが鳴っている。ホームは乗降客で混み合っていた。人を掻き分け、ぶつかり、罵倒されながら、三号車に飛び乗った。

振り返ると、亜里沙が四号車に飛び込むのが見えた。

ドアが閉まった。

直ぐに隣の車両から、亜里沙が息をハアハア言わせて移動して来た。

「大丈夫かい？」

竜次は気遣《きづか》って、亜里沙の紅潮した顔を覗き込んだ。

「ええ。でも、もっとテニス部の練習をキチンとやっとけばよかったァ」

パーカーのポケットからハンカチを出して、うっすら汗が浮き出た額を拭った。

二人とも吊り革を握って立っていた。その時、竜次のケータイが高らかに『ワルキューレの騎行』を――。マナーモードにしておくべきだった。帰宅途中の乗客の非難の目を感じじつつ、見ると、液晶画面にはヨッコの名前が！

声を潜めて出た。

「ヨッコ、済まない。今電車の中なんだ。大事な用事だ。あとでこっちから掛け直すよ」

切ろうとすると、慌てたヨッコの声が聞こえた。

「竜次さん竜次さん、今そっちへ、横浜へ向かってるのよ。お酒の美味しい肴が手に入ったの。だってもう随分会ってないものォ」

「ヨッコ、今から犯人と身代金の交換なんだ。分かるだろ？」

ハッと息を吸い込んだ気配が……そして、ひっそりと言った。

「分かりました。戻ります、家で待ってます。気を付けてね」

「ああ、済まない。必ず連絡するよ」

切ると同時に、また呼び出し音が……。

2

「誰と話していたの。まさか、警察じゃないでしょうね？　ダメよ。このケータイは空けとかないと」

貞子の詰問する氷の声だった。

「いやぁ、僕の女房が突然ね……」

尻に敷かれる弱い亭主を演じて、弁解した。

「ダメッ、この電話は使わないで！……どうやら間に合ったようね。東京駅に九時四九分に着くわ。封筒を開けた？」

「いや未だだ。忘れていた……亜里沙さん、紙封筒！」

亜里沙が慌ててパーカーのポケットを探る。

「ダメだねぇ、とんまッ！早く開けて」

ビリッと破くと、鍵が一つ、掌に転げ出た。

「あったッ、キーが一個入ってる」

「そういうこと。いい、よく聞きなさい」

氷の声が早口で喋り出した。

「着いたら直ぐに丸の内側地下五階に行って。総武線地下エスカレーター下にコインロッカーがあるわ。四二七番、そのキーを使って開けてごらん。次の指示が書いてあるよ。そしたら五七分発の横須賀線に乗りなさい。丸の内側地下五階のホームよ。間に合う？ 行き先はまたケータイに電話するわ。もう少し経ったら、小枝子お姉ちゃんの声を聞かせますからね。楽しみに待ってらっしゃい」

勝ち誇ったような貞子の声だ。氷が炎で解けて、燃えそうな激しさを感じた。

初対面の佐伯家で、竜次にドアで弾き飛ばされた貞子がツバを飛ばして罵ったあの激しさを思い出した。

心配そうに見上げる亜里沙に、手短に時間や場所を説明した。

東京駅まで行く。もう少し経ったら小枝子さんの声が聞ける。また駅構内を走ることになりそうだよ、と。

捜査本部は、この内容を亜里沙のケータイに仕込んだ盗聴装置で把握している筈だ。

亜里沙は少し安心したのか空いてる座席を二人分取り、腰を下ろした。

無口な竜次が黙り込んで考え込むから、亜里沙も同じく深刻そうに考え込んだ。

聞き耳を立てている捜査陣を思ったら、亜里沙とのつまらぬプライベートの話などできやしないし、そんな状況でもない。

竜次は顎の古傷を撫でながら、思考を巡らせた。いつものクセだ。

貞子たちは知らないのだ、亜里沙のスマホがそのまま盗聴器になっていることを――。

捜査陣がアンドロイドという携帯電話用ソフトウェアの隠れコマンドを使ってマイク設定を遠隔操作してマイク機能を常時オンにして、こちらの会話を聴いているのだ。

警察としては、ただ聞くだけでやりとりはできぬが、情報は取れる。

貞子たちは、あの衿に付けたピンマイクさえ外せば盗聴はされていないと思い込んでいるのだろう。尚且つＧＰＳ位置探索機能が仕込まれ二人の現在位置が把握でき、何処へ向かっているのか予測し、待ち受けることは可能なのだ。竜次のガラケーでは不可能らしい。

ふと本能的に見られている視線を感じて、目を上げた。

いたッ。

隣の車両との連結部分に寄り掛かっていた男が、サッと顔を背けた。

――翠香楼のあのあばた面に金縁メガネの支配人だった。トイレに引きずり込んで、地下へのドアの鍵をベルト通しからむしり取ったあの男――見張っていたのだ。サツが張り付いていないかどうか報告を送っているのだ。こっちに警察の目が光っていないかどうか？ 他にもいるかも？ と。

虎の子の一億の身代金の入ったバックパックは膝の上にしっかり抱えている。小枝子という人質を押さえられている限り、手出しはできない。

あばた面が振り向くのを待って、掌で招いた。チョッと躊躇《ためら》ったようだが、覚悟を決めて、連結ドアを開けて薄ら笑いを浮かべながら近付いて来た。

「やあ、暫く。翠香楼のトイレでは失礼した、痛かったかい？」

首を指差して揶揄《からか》ってやった。

金縁メガネの奥の目に怒りの炎が燃えると、両手で吊り革に掴まって、グゥっと圧し掛かるように上体を近付けて囁いた。

「おニイサン、言ってろよ、今のうちはな。あとで吠え面かくぜ」

甘ったるい胸のむかむかするような匂いがした。

翠香楼で嗅いだ匂いと同じ匂いだ。アヘン中毒か？

「どうやら一緒に駆け回ることになるらしいね。ご苦労様だな。どうだい、ここに座って世間話でもしないか?」

「バッカヤロッ、何言ってやがる」

吐き捨てて、また四両目の連結部分に離れて行った。よほどあの場所が気に入っているのか……。

「次はァ東京〜、東京〜」

新橋駅を過ぎて直ぐ車内アナウンスが――。到着から次の発車まで八分しか余裕がない。

「さぁ、また駆けるぞ」

亜里沙に言って、バックパックを担いで立ち上がった。

ドアが開いた。

飛び降りて、下りエスカレーターを一番に駆け下りる。亜里沙もピッタリ後ろについている。構内を疾走し、丸の内側改札口へ。

切符を入れると自動改札口が閉じた。どうしたんだ。

(しまったッ、料金が足りない、乗り越し精算をしないと)

駅員が一人立って、眼を光らせている。振り返って精算機を探した。

九〇円不足、亜里沙の切符と二枚分で二〇〇円を突っ込んで精算する。

気が急《せ》く。コインロッカーを探さないと……。

地下五階のホームまで、長い長いエスカレーターを駆け下りる。切符売り場では、今度は失敗を繰り返さぬよう千円分の乗車券を二枚購入した。目的地が分からぬのだから仕方がない。

巨大なロッカーが大・中・小、一三六三個あるそうだ。

キーナンバーはSの四二七。(語呂合わせすれば「死にな」。嫌な番号だ)

二人で走り回って探す。亜里紗が見つけた。

「倉嶋さ〜ん、あったァ、ここ、ここ」

開けるとメモが一枚――

『鎌倉までおいで。次の連絡を待て』

午後九時五七分発久里浜《くりはま》行き、間に合ったァ。

しかし何故、こんな手間を取らせるのだろう。捜査員が張り付いているかどうか確認するためなのか? もう竜次にも、その姿は把握できない。いるのか? いないのか?

発車した横須賀線、今度は同じ車両の斜め向かいの離れた座席に、あばた面が悠然と座っていた。もう警察の手はないと確信したのか?

亜里沙のスマホを盗聴しているであろう捜査陣に情報を送るため、無駄話をちょこちょこ入れた。

「ああ、横浜を過ぎたねぇ、一〇時半かぁ」

「ああ、戸塚を過ぎたか」と――。

おそらく、捜査陣の乗った警察車両は、第一国道をこの列車を追走していることだろう。

突如、竜次のケータイが鳴った。宗像、宗許果だ。

「探偵さん、真面目に汗掻いてるみたいだねぇ〜」

「宗像ッ、何処だ。金は間違いなく持って来てるぞ」

声を殺してはいるが、強い口調は抑えられない。

「分かってるよ。探偵さん、久しぶりだねェ、また会えるのが楽しみだよ」

笑いを含んだ余裕の言葉だ。

「小枝子さんは無事なんだな！　早く声を聞かせろ！」

「まぁ慌てなさんな、今代わる。亜里沙お嬢さんに代わってくれ」

ケータイを渡した。途端に亜里沙は両手でケータイを握った。

「小枝子お姉様ッ、大丈夫？　無事ですか？」

亜里沙の叫びに車内の家路を急ぐサラリーマン、酔客たちが一斉に振り返った。無理もない、誘拐されて、約一ヶ月ぶりに聞く姉の声なのだ。

「もう直ぐ助けに行きますからねッ、待っててね……ハイ代わります」

紅潮した顔が憂い顔に変わって、ケータイが竜次に戻ってきた。

「鎌倉で下車しろ、駅前からタクシーに乗って鎌倉大仏方面へ向かえ。その先はまた指示する」

宗像の声が切れた。

斜め向かいであばた面が、腕を組み足を組んでニタニタ笑いながら竜次たちを眺めている。

横須賀線《スカせん》が北鎌倉駅に到着した。次だ。

首を捻じって窓外を眺めた。

その時だッ！

膝の上のバックパックが引ったくられた。

油断だった、警戒意識が弛んでいた。

アッという間に長髪の若い男に一億円をかっ攫われた。

手を伸ばしたが、すり抜けて男はホームへ跳び出た。

竜次も後を追う。

目の前に二人の屈強そうな男が立ち塞がった。

右側のヤツのこめかみに一発——。

ブッ飛んだ。

左のヤツには正面蹴り——。

ホームへ転げ落ちた。

乗降客も二、三人巻き込んでゴロゴロと転がった。

竜次がホームへ飛び出すと、長髪はバッグを抱えて五、六メートル先を、人を掻き分け、突き飛ばし必死に逃げようとしている。直線なら軽いものだが、乗降客が邪魔で思うように追い付けない。プルルルと発車のベルが鳴っている。

――ベルが止んだ。

亜里沙がまだ電車に残っている。あのあばた面が一緒だ。

もう手を伸ばせば届く距離、ドアが閉まり出した。

閉まる寸前、男がドアにぶつかりながら車両へ飛び乗った。

竜次はそのドアに手を掛け、閉まるのを止めようと力一杯踏んばった。バックパックが挟まれた。

硝子の向こうで長髪が引っ張り込もうと背負いベルトを掴んで竜次と綱引きだ。

その時、この変事に気付いたホームの車掌の警笛がピピピピーッと鳴って、ドアがスゥーと開いた。

まだ両手で背負いベルトを握って離さない男の喉笛狙って手刀一発――。

ゲッと呻いて手を放した。

周りの乗客が騒ぎ出した。

「こいつは引ったくりだッ」

竜次は叫んで周囲を全く気にせず、バックパックを再び背負いながら、二両後ろへ駆け戻ろうと人を掻き分け、押し退け、乗客たちの抗議の声も無視して急いだ。

騒ぎが起こっていた。ドア横の手摺りにしがみ付いた亜里沙を、さっきの二人の男が引き剥がそうとしている。

「助けてくださ〜い。誘拐です！　人攫いですッ」

亜里沙が叫んでいる。

周りの乗客は、我関せず、触らぬ神に祟《たた》りなしを決め込んで、黙って見つめるばかり――。

イイ格好して仲裁に乗り出して怪我したり、下手すりゃ命を落としたなんてニュースに日頃接しているから、手出しをしないのだろう。

日本人の義侠心も地に落ちたか！

いや、竜次のように腕に自信がなければ助けに出てくるのは無理か……？

ドアが閉まり、電車が発車した。

――もう拉致はできない。奴らも逃げられない。

竜次はゆっくりと近付いて言った。

「オイ、手を放せよ」

ギョッと振り向いた二人は、顔を見合わせると脱兎の如く後部車両へ逃げ出した。竜次に追う気はなかった。トッ捕まえても、拘束もできない、始末のしようがないのだ。今は小枝子との交換が最優先だ。

「さぁ、亜里沙さん、次の鎌倉で降りるよ。もう直ぐだ。大丈夫かい？」

蒼白な顔で息の荒い亜里沙を励まして、座席を立った。

盗聴している捜査本部が広域捜査で鎌倉署に上手く手を打ってくれているだろう。後ろを振り返ると、あばた面の姿はもうなかった。

亜里沙のスマホで東京―鎌倉間の料金を調べてもらった。九五〇〇円。乗り越し精算の手間は省けた。

東京駅から一時間、ドアが開くと同時に飛び出し、タクシー乗り場まで駆けた。

深夜、零時前の鎌倉駅は閑散としていた。

客待ちのタクシーに飛び乗り、「大仏方面へ」と言って後部座席に落ち着いた。

今になって、亜里沙の身体がブルブル小刻みに震え出した。

「さっきは怖かっただろう？　よく頑張ったね」

慰めになったかどうか、亜里沙はただウンウンと頷くのみ。

後ろを振り向いてみた。何台かのフロントライトが煌めいて続いている。後続車の中に覆面パトカーがいるのかどうか？

3

タクシーは、由比ヶ浜《ゆいがはま》、長谷《はせ》を過ぎ、鎌倉大仏に近付いた。

今度は竜次のケータイが鳴った。

貞子の声が嬉しそうだ。

「さぁ、そのまんま真っ直ぐ、打越《うちこし》、火《ひ》の見下《みした》、常盤口《ときわぐち》よ。そこで降りたら二人でマラソンをしてもらうわ。鎌倉山の頂上まで三〇分で上がって来て。そこに笛田《ふえだ》公園があるわ。そこの野球場で待ってるわね。ハイ、じゃあとでね」

直進すると、深沢《ふかざわ》、大船《おおふな》方面だ。三叉路でタクシーを捨てた。

左側に鎌倉山への上り斜面がくねくねと続いているのが、まばらな街灯で見透かされる。正月の箱根マラソンほどの勾配はないが、かなりの上りだ。

「さぁ、亜里沙さん、上りばかりのマラソンだ。頑張ってッ。捜査本部で聞いているから、実況中継のつもりで、独り言を言いながら走ったらいい。さ、スタート！」

真夜中の山道を走り出した。夜空には冴え冴えと半月が黄色い光を投げ掛けている。十一月でも寒気が忍び寄ってくる。

竜次の背負うナイキのテニスパックは最も軽い三リットルのリュックだから、軽いものだが、一億円を背負っていると思うとその重さが肩に食い込む感じだ。

一五年前までの学生時代の猛練習を筋肉が覚えていた。

しかし毎晩の怠惰な酒呑みの習慣で、体が鈍《なま》っているのは否めない。一五分も登りばかりを駆けるとゼエゼエと息が上がってきた。

振り返ると二〇メートルほど遅れて亜里沙が、何かブツブツと言いながら懸命に走って来る。少し待って肩を並べ併走する。見れば顔色は蒼白く汗びっしょりだ。

「大丈夫かい？　もう少しだ」

「はい、はい」

腕で汗を拭いながら健気《けなげ》に走り続けている。時々、ライトを煌めかせて自動車が追い抜いて行く。あの中に警察車両はいるのだろうか？

彼らも人質交換終了までは手が出せないのだ。

ようやく、右に曲がれば〈笛田公園野球場〉の標識が――。

鉄柵に沿って走って行くと、中に入れるスチール製ドアが開いていた。到着だ。

ポツンポツンと街灯が灯り、うら寂しい無人の運動場が目の前に拡がった。

昼間ならば、陽光の下無邪気な歓声が響き、打球音がこだまして、元気一杯の少年たちの走り回る姿が見られるのだろうに――。

今や、枯れて死んだような風景の中に、外灯が侘しげにグラウンドを照らすのみ――。

と、公園管理事務所の建物の陰から三人の人影が現れた。

坊主頭の男は宗像だろう。女の一人は貞子、一人が黒いチャイナドレスを来た痩せ細った女性。

「お姉様ッ」

竜次の隣に佇む亜里沙が、引き摺られるように一歩、二歩足を踏み出した。

竜次が腕を伸ばして止めた。

貞子の声が響いた。

「私と小枝子お嬢さんは三塁ベースに行くよ。亜里沙お嬢さんはお金と一緒に一塁ベースに立って。ハイ、行きますよ」

小枝子の腕を取って貞子が歩き出した。貞子の右手に持つナイフが外灯の光を受けて青く煌めいた。

「さぁ、亜里沙さん、お姉さんを助けましょう。あそこですよ」

バックパックを持たせて一塁ベース側へ押し出した。

亜里沙は一〇キロの重さのバックパックを背負ってゆっくりと一塁ベースへ歩き出した。重そうだ。

それぞれが対角線に向かって歩いて行く。

残った宗像が言った。

「探偵さん、ピッチャーズマウンドへ来てくれ。そこでヤロウぜ！」

黒のズボンと黒のTシャツの宗許果が歩き出した。

「へぇ～、面白い趣向だね。観客三人の前で派手な決闘か？この前の仕返しかい？しかし、今日は小枝子さんと身代金の交換だけじゃなかったのか？佐伯社長は、身代金などではなく、君の父上への謝罪とお見舞金として渡したいと言ってるんだぜ。それでもまだヤルのかい？」

竜次も鹿皮ブルゾンを脱ぎながら、マウンドへ歩き出した。

「探偵さんよ、この前みたいにはいかないぜ」

外灯の薄明かりで反射した白眼が、ギラッと煌めいた。

竜次は、マウンドの横にブルゾンを投げ捨てて言った。

「約束してくれ、君が負けても小枝子さんはちゃんと返してくれるんだろうな」

「それは武道家として約束する。負ける筈はないがね」

「もう一つ、スパナでいきなり後ろからガツン、ってのもなしだぜ」

宗像の眼に怒りの炎が燃え、無言で少林寺拳法の構えに入った。

フェンス沿いの外灯の光は淡く、お互いの影が長く尾を引き摺っている。

こんな真夜中、野球場のど真ん中で決闘だなんて前代未聞だ。ローマ帝国時代のグラディエーター（剣闘士）になった気分だ。観客がいないから余計、酷薄な真剣さを感じる。一塁と三塁の対角線上で見守る姉妹、二人の想いはすべて竜次の双肩に懸かっているのだ。

二ヶ月前の宗像との初対面――佐伯家の玄関ホールでの格闘をまざまざと思い出した。あの時と同じだ、左拳を前に突き出し、右拳は軽く握って鳩尾《みぞおち》の前に置き、首を小刻みに振って隙を窺っている。

突如、何の気合もなく、宗像の攻撃が始まった。

腹を狙っての右足の前蹴り、左足の顎狙《あごねら》いが空気を切り裂く。軽くステップバックして避けた竜次は、次の蹴りを横に払い、懐に飛び込みざま背負い投げだ。

宗像は竜次の肩越しに飛んだが、またもや空中で猫のように身を翻《ひるがえ》して、こちら向きにヒョイと立った。

竜次は間髪を入れず近付き、右肘をこめかみに打ち込んだ。

同時に竜次の腹にも強烈な突きがメリ込んだ。

グッと息が詰まったが、体落しの連続ワザを仕掛けた。

ベリッと宗像のTシャツが破れた。宗像はダラリと垂れ下がった生地を引き千切って棄てた。

その上半身は見事な筋肉に覆われている。宗像のこめかみが裂けて血が滴り落ちてきた。

ニタリと笑い、余裕たっぷりだ。

「キエ〜ッ」

怪鳥《かいちょう》の叫びと同時に少林寺拳法の突き、蹴りの連続ワザが炸裂した。危ういところで避け、止め、払うが、まともに喰らったら骨折、ヒビは必然の鋭さだ。

(関節技、絞め技で対抗せねば……)

竜次は戦法を変えた。

宗像の正拳突きを両腕で抱え込んだ。

手首と肘の関節を外側に逆に捻じった。

ギシギシと骨の軋む音が聞える。

竜次の後頭部に強烈な左拳が炸裂した。

一瞬クラッと意識が遠のきそうになったが、歯を食い縛って耐えた。

ボキッ、宗像の肘が折れた。

「ウウッ」

呻くのも構わず、竜次はその折れた肘を肩に担ぎ、一本背負いでグラウンドに叩き付ける。

駆け寄って、肋骨狙いの蹴りを放つが、いつもの革靴ではなくゴム底靴だから効果は薄い。

逆に重心の掛かった左足を蹴られ、竜次が転がった。

二人は同時に立ち上がった。

宗像はこめかみから血を滴らせ、右腕がダランと垂れて、凄愴な姿だ。

ここで手を弛めてはいけないのだ。弱点を攻撃するのが鉄則なのだ。

利き腕を使えない宗像は、左手と足の蹴りの攻撃以外ない。

頭を狙っての回し蹴りを、首をすくめて避け、懐に飛び込んだ。

折れた右肘を掴んでまたもや一本背負い――。

宗像の身体が捻じれて空中を飛ぶ。

グキッと妙な音がした。

手首が逆に回っている。

もう反撃はできまい。

「宗像、お前の負けだよ。認めろよ」

うずくまる宗像の前に立ちはだかって言った。

宗像は手首と肘を抱えて、ただ、ウゥ～、ウゥ～、と呻るのみ。

突如――。

「倉嶋さんッ」

亜里沙の叫び声が空気を切り裂いた。

見れば、一塁ベースに殺到する男が四人――。

亜里沙を拉致し、身代金も奪う気だ。

「こっちへ来いッ」

と叫び、投げ捨てたブルゾンを拾い上げ、ポケットに手を突っ込み、ビリヤード球を取り出した。

「小枝子さん、逃げろッ」

三塁ベース上で貞子に腕を取られたままの小枝子を叱咤《しった》した。

貞子は息子が負けたのが信じられないのだろう、呆然と立ち竦んでいる。

ハッと我に返ったらしい小枝子が掴まれた腕を振り払い、駆け出して来た。

しかし長い間囚われていて足の筋力も弱っていたのだろう、前のめりに足を取られ転んだ。

後ろに狂ったようにナイフを振り上げて貞子が迫る。

ピッチャーズマウンドから思い切り、ミットならぬ貞子の顔面目掛けてビリヤード球を投げた。

ストライクだ。

ナイフがすっ飛び、後ろ向きに昏倒した。

と、またもや背後で叫び声が――。

振り向くと、一塁ベース上で、バックパックを放すまいと背負いベルトを掴んで必死に頑張る亜里沙と、それを引っぱがそうとするヤツ、亜里沙を抱き抱えようとするヤツ、四人の男が団子状態で争っている。

さっきの電車の中でバックパックを引ったくったヤツら三人組とあばた面だ。

もう一個の球を投げつけた。

命中！

あばた面の金縁メガネが割れてすっ飛び、血が噴き出す。

両手で顔を覆って転がった。

亜里沙の元へ駆け寄ると、三人の男たちは雲の子を散らすように三方に分かれて逃げ出した。

その時だ――。

パアッと投光機が輝き、グラウンドを昼間のような明るさに照らし出した。

立ち竦む三人に刑事たちが殺到した。

やはり、盗聴とGPS機能で追跡してくれていたのだ。そして山崎課長が、滝本警部補が、三好刑事が駆け寄って来た。もう大丈夫だ。

安心した姉妹は「お姉様ッ」「亜里沙ッ」とお互いを呼び合い、煌々《こうこう》とピンスポットを浴びて煌《きら》めくピッチャーズマウンドで一ヶ月ぶりの抱擁に嗚咽していた。

4

竜次にとっては、依頼された案件は解決した。

失踪した姉を捜して拉致誘拐されたのなら救い出してほしい、という亜里沙からの願いは、叶えられたのだ。一度目の身代金五千万円は奪われてしまったが、これは、貞子、宗像母子に対する謝罪、見舞い金という名目で問題にしないでくれと、佐伯家当主の剛史から申し入れがあった。

小枝子に対する事情聴取がゆっくりと行われた。

彼女が体力を消耗していることを考慮し、捜査本部も急がずに聴取を進めたが、囚われていたのは「何処かの地下室」ということだけで、具体的な場所は杳《よう》として分からなかった。

拉致された残り八名の女性たちはどうしているのか――。

相変わらず洞庭閣の張り込みは続けられているが、全く動きはないらしい。

別の場所へ移されたのか。抜け道が何処かへ通じているのか？

竜次は一介の私立探偵の立場であり、直ぐに手を引いてもよかったのだが、ここまで関わるとそうはいかなかった。

囚われた彼女らの顔を見て言葉を交わしたのは、捜査陣の中でも竜次だけなのだ。

彼女たちの顔と名前が瞼の裏に浮かび上がる。

幸い、貞子と宗像母子、あばた面の支配人陳純銅《ちんじゅんどう》（日本名、山田健一）、あと三人の中国人を逮捕している。

いくら尋問しても完全黙秘で頑として白状しない連中に、捜査陣は手を焼いていた。

彼らの背後には香港マフィアの恐怖の影がチラついているのだ。チョッとでも漏らしたら、どんな制裁が待っているか分からない。録音録画の可視義務を課せられた取調室での尋問では、限界があるのだ。

これが暴力団や以前のサディスト鳥飼ならば、歯を抜き、爪を剥がし、人として耐えられぬギリギリの肉体的拷問を加え、最後はチェーンソーで切り刻んで吐かせるのだろうが、そうはいかない。

江戸時代の奉行所だったら、膝の上に三重、四重に石を抱かせたり、天井から逆さ吊りにして竹刀でブッ叩いたり、前《さき》の戦争中には特高警察が凄まじい拷問を加えて自白を強要したらしいが、現代ではそうはいかない。

竜次が捜査本部に提案した。

「あのあばた面の山田健一、本名陳純銅という男は、十中八九アヘン中毒患者の筈ですよ。僕ならば、アヘンが切れて禁断症状に陥った状況に追い込みますね。目の前にご馳走のアヘンをぶら下げて見せたら、飛びついて来るでしょう。荒っぽすぎますか？　人道に反しますか？　何の罪もない女性八名、人身売買で売り飛ばされる彼女らを救うためだったら、毒を喰らわば皿までですよ。究極の手段でしょう。警察が無理だったら、僕に防音された一室と山田を預けてくれませんか？　必ずアジトを吐かせてみせますよ」

無謀な注文だろう、しかし、竜次には許せなかった。

何としても救い出してあげたい……、愛する兄弟、家族、友人、恋人に会わせてやりたい……。

山崎捜査課長が乗ってきた。勾留期間ギリギリ一杯拘置所に留めて、最長の二十三日に延長してでも、そのアヘンの禁断症状の兆候が表れるまで待ってみよう、というのだ。

目の前に餌をぶら下げて、喰いついてくるかどうか？　中毒者はアヘンを吸うためなら、真冬に一枚しかない衣類を売ってでもアヘンを求めるものらしい。

　一切の欲が消滅し、食欲も性欲も減退し、自然、陰気で活気のない人間になってしまう。無精《ぶしょう》になり、運動不足になり、痩せ細って血色の悪い弱々しい身体つきになってしまう。アヘンが切れると死ぬ苦しみを味わうと言われている。身体中に悪寒《おかん》が走り、冷や汗が吹き出し、死人のように蒼ざめて言葉も満足に喋れなくなる。身体中の骨が軋み、痙攣《けいれん》でのた打ち回る――。

　そうなってはお終いだ。あのあばた面の支配人はそこまでの中毒者だろうか？


　竜次は久しぶりに牛込警察署署長室へ、隆康を訪ねた。

「おぅ、無事取り戻したらしいな。一件落着じゃないか」

　開口一番、ねぎらいの言葉を掛けてくれた。

「いや兄貴、僕の依頼された件は解決しましたが、あと八人の若い女性たちがまだ囚われたままなんですよ。彼女らを救出しない限りは、僕の中では解決したとは言えません。分かってくれますか？」

「うん、それは分かる。お前の気性ではそうだろう。何か突破口があるのか？」

「こういうのはどうです？……」

　竜次は自分の考えをぶつけた。

「アヘン中毒かぁ……それはいけるだろう。被疑者勾留期間一杯繋いどいて、最長二十三日だ。食事と水だけは与えるが、あとは一切何もなしだ。当然、禁断症状が出てくるだろう。そうなったら馬の目の前に人参をぶら下げてやるようなもんだ。吐けば吸わせてやる、吐かなきゃやらん。これが一番だろう。何も肉体的拷問を与えるわけではない。自白させる最上の手段だと俺は思うぜ」

俺たち兄弟はよく似ていると、竜次は実感した。

悪を憎む、悪を許せぬ、そのためには多少強引でもヤッテしまう——この正義感だ。

隆康がまたもや博識ぶりを披露してくれた。

十九世紀、大英帝国イギリスは中国との貿易で、茶、陶磁器、絹を大量に清朝から輸入していたが、その支払いの見返りにイギリスは植民地のインドで栽培したケシの実から採取されるアヘンを売り込んだ。忽《たちま》ちその魔力に取り付かれた中国人は当時四億の人口のうち、三千万人が中毒になり、憂慮した清国も対抗してアヘン禁密輸措置の手段を講じ、遂に一八三九年九龍沖砲撃戦が勃発した。

この戦争は麻薬であるアヘンが原因であったため〈アヘン戦争〉と呼ばれている。清はイギリス船団に壊滅させられた。二年後にはイギリスの勝利で終わり、清は南京条約を締結せざるを得なかった。

香港を占領され、割譲《かつじょう》され、一〇〇年間の統治が調印され、それは漸く一九九七年に香港は返還されたのだ。

鎖国中の我が日本にも、危うくその悪魔の麻薬は輸入されそうになった時があったのだ。一八五三年、浦賀沖にペリーが来航し、日本が開国を迫られた、あの時だ——。アジア諸国でアヘンに侵されなかったのは、日本とタイだけであったらしい。中国全土、ジャワ、インドネシア、シンガポールには蔓延《まんえん》し、国力衰退の原因になったそうだ。

以前は、アヘンは黄金の三角地帯と呼ばれたタイ、ラオス、ミャンマーのメコン川に接する山岳地帯で栽培されていたが、今は九四パーセントがアフガニスタン、パキスタン、イラン国境で栽培され、世界最大のアヘン密造地帯、別名ゴールデントライアングルとなっている。

二十世紀前半まで世界各地のチャイナタウン、ニューヨーク、サンフランシスコ等のアヘン窟には、長い煙管《きせる》に詰め込んだキザミをランプであぶって、寝転びながら快楽を求めて陶然と白い煙を吸飲するアヘン中毒患者が溢れていたのだ。

夢の中にいるような恍惚と陶酔した気分が味わえるらしい。しかしこの気分を味わいたいがために何度も使っていると、あっという間に精神面に加えて身体面での依存性が出来てしまい、今度は使わないと不眠、悪寒、発汗、下痢、あくび、鼻汁、手足の痙攣といった激しい禁断症状を覚えるようになる。そして、ついには使用を止めることができなくなってしまうのだ。

だから、――人を操る道具として使えるわけだ。禁断症状の辛さを利用して人を意のままに操ることが可能になる。この辺が最も怖いところだ。

麻薬にはマリファナ、大麻、ヘロイン、コカイン等色々あるが、アヘンは精製され医療用モルヒネとして使用され、末期がん患者の痛みを和らげたり、強い鎮痛作用を持つ特性があるそうだ。全ての鎮痛薬の中でもモルヒネがナンバーワンなのだそうだ。


竜次は大学教授の講義を聞くように、アヘンの歴史、効用、害などを、隆康からお勉強させてもらった気分だった。

「それからだな、竜次、中国マフィアの蛇頭（スネークヘッド）による密航者ビジネスも考えんとな。これだけ日本人美女ばかり狙った人身売買組織は日本の暴力団と蛇頭組織が繋がっていると思うぜ」

次は蛇頭の密航者ビジネスの話だ。

（おいおい、今度はドラゴンじゃなくスネークかよ）


一九八九年の天安門事件後、福建省から日本への集団密航が始まり、中国人による不法入国が問題になっている。この頃の密航は中国の漁船を密航専用の仕立て船にしており、年間一ケタ程度だった。しかし、一九九七年の香港返還以降、蛇頭の暗躍により日本への集団密航は一年で七三件に増加したとか。

密航の手口は巧妙化し、一般の貨物船を改造して隠し部屋を作ったり、沖合いで日本漁船に乗り換えて深夜人気《ひとけ》の少ない漁港などに上陸し、後は中華街の料理店の皿洗い、雑役夫などで身を潜め、不法滞在を繰り返し、日本に馴染《なじ》んでいくのだ。

蛇頭の組員は密航者一人あたま一〇万元、日本円で一六〇万円ほどを詐取《さしゅ》し、巨大な暴利を生む密航ビジネスとして確立され、収入源となっている。

二〇〇一年十月には、千葉県九十九里浜片貝漁港《くじゅうくりはまかたがいぎょこう》沖で中国人密航者九一名、日本側受け入れ者三名、船員五名を逮捕するという海上保安庁始まって以来の大事件も記憶に新しい。

拉致誘拐された日本女性は、逆に密輸出されようとしているのか？

一ヶ月以上逗留していたロイヤルホテル横浜を引き揚げ、新宿若松町の自宅へ戻った竜次は、熱烈なヨッコの歓迎を受けた。

何も知らせずに帰宅したので、余計に喜びも大きかったのだろう。首っ玉に飛びついて来て、その後はつぶさに身体検査だ。

いつも怪我だらけの満身創痍で帰ってくるのに慣れているヨッコにとって、無傷の竜次を珍しい動物を眺めるような眼付きで見て、撫で擦った。

「ワァ〜ッ、何処にも傷がない、手術痕も、絆創膏も、何もない。顎にもヒビは入ってないわよね？　早速、祝杯でしょ？」

「ヨッコ、心配させたが、どうやら解決だ。今晩は思いっ切り飲ませてくれ、ワイルドターキー十三年をな」

「おつまみの肴を仕入れて来るわね。中トロとヒラメの薄造り、それとステーキよね。黒毛和牛の四等級！　急いで行って来るわ」

小躍りするようにスキップして、部屋を出て行った。

待っていたかのように、竜次のケータイの『ワルキューレの騎行』が高らかに鳴った。酒乱の声が耳に響いた。

「オイッ、探偵！　今回は世話になった。今日、成功報酬として一千万をくダしま探偵事務所の口座に振ジ込んでおいたかダな。おデの気持ちだ」

「あぁ社長、それは、こちらとしては請求しないつもりだったんです。最初の人質交換で、身代金の五千万円を奪われてしまったんですからね。私のミスから……」

「いや、あデは、宗像と貞子におデの謝罪の気持ちラかダ、あれレいいんラ。君と近いうち、一杯やりたいな。そデかダ、君の言ってた酒乱を直す薬な、ウチの研究室で研究が始まったよ。難しいダしいどォ。兎に角あジがとう」

「あっ社長、亜里沙さんに代わってもらえますか？」

「フン。お～い、亜里沙ぁ、探偵ラァ」

酒乱の呼び声が響いた。

チョッとの間があり、ひそやかな亜里沙の声が。

「倉嶋さん、このたびはお世話になりました。有り難うございました」

短期間で急に大人びた感じになってしまった。

「亜里沙さん、そんな畏《かしこ》まるなよ。照れるじゃないか」

「いえ本当に……今、姉に代わりますね」

と小枝子に交代する気配が――。

「いやいや、亜里沙さん、勘弁してくれ、いいんだいいんだ」

と切ってしまった。その時だ。待ち構えていたように、また『ワルキューレの騎行』の呼び出し音が響く。今度は液晶画面に滝本浩介の名が。

「あぁ滝さん、どうした？　何かあった？」

「自白《じはく》しましたよ、アヘン中毒が今さっき」

興奮していた。禁断症状を待った甲斐があったのだ。

「しかし、女性たちはもう船に移送してしまったらしい。本牧埠頭《ほんもくふとう》C突堤七号岸壁に停泊中のマレーシア船籍の一般貨物船、船名がトラスト・グローリー。三千トン級全長九〇メートル、出航予定は明日午前七時、捜査本部は第三管区海上保安本部と横浜税関と入国管理局との合同で強制立ち入り検査を明朝、出航直前に行う計画です」

しかし、外国船への立ち入り検査は、管轄の縦横《タテヨコ》関係で警察、海保、税関、入管の四つ巴の縄張り意識や裁判所での強制捜査許可状などを取得する手間が掛かり、果たして出航までに間に合うかどうか？

「滝さん滝さん、そんな守秘義務を俺に話しちゃっていいのかい。聞いちゃった以上、俺はもうイッちゃうぜ。漫然と明日まで待っていられない……何か悪い予感がするんだ」

「同感！　僕も行きます！　死なばもろともですよ。バレたらクビでしょうね」

悲壮な決意が感じられた。

「滝さん、気持ちは嬉しいが、あなたは公務員で家族持ちだ。そんな、一生を懸けることはない。僕一人に任せてくれ」

「倉嶋さん、今まで一緒にやってきたじゃないですか！　乗り掛かった船ですよ。船を降りる時も一緒でしょ？……一緒に船に乗り込みますよ！」

「仕様のない人だ。止めたって無駄みたいだね。ＯＫ！　一時間くらいでそっちに着く。九時頃か……」

ドアを開けて、ヨッコが両手一杯にビニール袋を抱えて、呆然と立ち竦んでいた。最後の言葉を聞いたのだろう……

「ゴメン、横浜まで送ってくれるか？　祝杯は帰ってからだ」

「どう止めても……何を言っても無駄ね。強情なんだから……」

「よし、車を出してくれ、支度する」

クローゼットから、真っ黒のセーター、真っ黒の鹿皮ジャンバー、黒のデニムパンツ、黒の子牛革のスニーカー、黒の鹿皮手袋、黒のニット帽、黒ずくめだ。

もう十一月も半ば、夜の波止場は冷え込むだろう。あと、飛び道具用の対抗手段のビリヤード球も二個、竜次にとっては伝家の宝刀だ。準備万端整えて、いざ突撃――。

車を運転するヨッコは無口だった。

「ヨッコ、拉致監禁されているのがヨッコだったら、俺は命を懸けて救出に向かうぜ。イスラム過激派組織ボコ・ハラムに誘拐され、暴行、人身売買された三〇〇名の女学生たちを考えてごらん……。今、日本の若き女性八名が囚われ、他所の国に売られようとしているんだぜ。黙って見ていられるかい？　俺の心中《しんちゅう》では、俺が依頼された一人は救出したが、それで済む問題じゃないんだ。あの中華街の地下室で皆と会って言葉を交わしているんだ。その中の二人はアヘン中毒に侵されかかっていた……」

「竜次さん、私はただ、竜次さんのことを心配してるだけ……」

ポツンと言って、あとは無言で横浜へ向かってアクセルを踏むだけだった。

前方に、ブルーのイルミネーションに輝く横浜ベイブリッジが見えてきた。

首都高速湾岸線の〈本牧埠頭〉出口で降りる。横浜税関本牧分庁舎やコンテナ検査センターなどの建物を通り過ぎて、滝本と待ち合わせたBCターミナル前でヨッコの車から降りた。

ビルの陰から巨体が走り出て来た。

「ヨッコ、震えながらただ待ってるのは辛いぞ。帰ってろよ」

ヨッコは黙って首を小刻みに何度も横に振った。

(待つつもりだ)

「あぁ、頼子さん」

滝本は気の毒そうにヨッコを見て、同情の言葉を呑み込み、直ぐポツンと灯る外灯の向こうを指差した。

「あれが、トラスト・グローリーですよ」

黒々と横たわる全長九〇メートルの鋼鉄の塊――。

「TRUST GLORY……何が『信頼の栄光』だ。よし、その栄光の裏の顔をひん剥いてやろうぜ」

5

歩き出した埠頭には、二隻の貨物船が錨《いかり》を下ろして停泊していた。船首の横腹に書かれたトラスト・グローリーの船名にライトが当たっている。薄明かりの中を岸壁の長さ一キロのC突堤を先へ歩く。

船首と船尾にそれぞれ、二五メートルくらいの長さの錨が繋がれている。ばら積み貨物船——。

クレーンが四本、船倉が四つあるということだ。

甲板をブラブラ歩く人影……あれは見張りか？

侵入手段は一つだけ——船腹に畳まれたタラップを頼りにすることは不可能だ。

突破口は、あの錨を繋いだ太い長い鎖《くさり》をよじ登ることだけだ。

「滝さん、あなたには無理だね。あの鎖にぶら下がり、二五メートルよじ登るのは……」

「クソッ、この一三〇キロの体重が恨めしいですよ」

「よし、万一を考えて緊急手配の準備だけはお願いしますね。奪還できた場合を考えてね」

（そう、奪還だ！　まさしく奪還するのだ！）

頷いた滝本が後退《あとじさ》り、暗闇の中に溶け込んだ。

見張りが向こう向きの死角を突いて、小走りに錨に取り付いた。

スニーカーは音を消してくれる。鎖の繋ぎ目は大きく、手掛かり充分だ。

左右に揺れて垂れ下がる錨を軽々と登った。蒼暗い空と真っ黒の海面を背景に、黒いシルエットが猿のように身軽に登って行く。

竜次は舷側《げんそく》から眼だけ覗かせ、甲板を窺った。見張りは煙草を吸いながら舷側に頬杖を突いて寄り掛かり、ダレ切った感じだ。

忍び足で気配を消して近付き、後ろから頚椎《けいつい》を狙って手刀一閃——声も出さずにグタッと崩ず折れた。

その躰《からだ》を受け止めて静かに甲板に横たえ、後方の船橋（ブリッジ）を見上げる。照明はついているが、人影はない。

船倉、船室へ通じる昇降口、ハッチカバーを探す。あったァ！

甲板にあった円形の上げ蓋を押し開ける。深さ約一〇メートル。空っぽの暗い穴が口を開けた。

鉱石か石炭か穀物か、もう荷降ろしは済んで、あとは拉致した日本女性を高値で売るために運ぶだけなのだ。多分この船は、近年流行している中国からの密航者を何十人、何百人と運び込んでいるのだろう。隠し部屋が必ずある筈だ。

鉄梯子を二〇段、真っ暗な船倉に着地する。人のいる気配はない。鼻を抓まれても分からない漆黒の闇——。微かに響くエンジン音。

カチッとジッポのライターで火を点ける。四方はガランとして冷たい鉄壁に囲まれている。右側隅に鉄扉を見つけた。鍵は掛かっていない。

押すと、キィーッと蝶番《ちょうつがい》の軋む音。細めに開けて片目で覗く。目の前にアッパーデッキ居住区へ通じるらしい廊下と階段――。

上階から笑い声が聞える。船室か、食堂でもあるのか。登り階段を一歩、二歩――。

突如――背後から何か中国語が！

多分「誰だお前は！」と、こちらを誰何《すいか》する怒声だろう。

振り返ると、背丈二メートル、体重一〇〇キロ超え、こいつは滝本に任せたほうが良策だろうと思われる、甲乙付けがたい無差別級の巨漢が立ちはだかっていた。狭い船の廊下一杯を塞いで、圧倒的なデカさだ。

ツルツルに剃った頭は頭骨が盛り上がって、眉毛もない。無毛症なのか？　鼻も大きく唇も分厚い。お目目はつぶらな瞳だ。肩はポパイのように膨れ、腕は丸太ン棒のようだ。

また、何か喚いた。多分『何をしている』だろ？……闘いたくなかった。

竜次は「シィー」と唇の前に人差し指を立てた。「フン？」と首を傾げ、戸惑った表情が一瞬で怒りの表情に一変し、両手を拡げ掴み掛かってきた。

こういう図体のデカい奴は大抵、掴まえにくる。首でも胴体でも掴んで羽交い絞めにして拘束してしまえば動けない。ウムを言わせぬ自分の体力を過信した闘い方だ。

竜次は階段の手摺りに手を掛け、横っ跳びでこめかみを蹴った。

巨漢はグラッと突進がストップしたが、一瞬だった。

また、両手を前に突き出して重戦車のようだ――。

やはりスニーカーでは効果が薄い。

身を沈めて、右拳を胃の辺りに叩き込んだ。

が、脂肪どころか鉄板のような硬さに跳ね返された。

巨漢の両手が竜次の首に巻きついた。

指が食い込む。

手首の関節を逆に取るが、効かない。

（絞め殺される……）

目の前二〇センチにあるつぶらな瞳が嬉しそうだ。

鉄階段の壁に押し付けられ、ズルッと身体が沈んだ。

横目に赤い色が飛び込んだ。

（消火器だッ）

無意識に右手が探り、設置箇所から引っ剥がし、スキンヘッドに渾身の力を込めて叩き付けた。

毛がないから直に頭骨に衝撃を与えただろう。

カーンと小気味いい音がして跳ね返された。

喉締めの両手の強さが弛んだ。

ノズルを持って安全ピンを引き抜き、ホースの先端をつぶらな瞳を狙って思い切りレバーを握った。

凄まじい勢いで粉末消火剤が噴出した。

「ギャァーッ」

と、この世のものとは思えない叫びと共に、眼と口を庇いながら、後ろにぶっ飛び転げ回った。

そもそも消火器とは、燃え盛る火を窒息作用、抑制作用で消火するものなのだ。その効果たるや——？　人間様がこの近距離で浴びたら、目潰し、呼吸困難を起こして致命傷になりかねないが、竜次にとっちゃ知ったことではない。己の命を奪おうとする、眼の前の手強い敵をヤッつけるだけだ。

顔面白粉末まみれで転げ回る大兵漢を放って、鉄階段を駆け上った。

と、上の船室から三、四人の船員が飛び出してきて、何か中国語で喚いた。今のただならぬ絶叫を聞いたら当然だ。

状況を把握できず、まだ混乱している彼らの中に竜次から飛び込んで行った。

先頭の奴の両足首を抱えて、後ろへ投げ捨てた。

手摺りを越えて階下の鉄の床に真っ逆さまだ——。

次の奴も胴をタックルし、背後に投げ捨てた。

下へ真っ逆さまに落下した。

首が折れようと脳陥没だろうと、こっちを殺そうとする奴らだ、竜次は知っちゃあいない。

三人目の眉間に正拳一発、グエッと呻いて、後ろの壁に頭をぶつけてノビた。

その時――。

「どうしたんだッ！」

と太い低音の日本語が……何処かで聞き覚えのある声だ。

ヌゥ～ッとドアから顔を覗かせたのは、懐かしや、関内の倶楽部ユリ以来の松葉組若頭補佐、伊丹誠一その人だった。

「おぅ、伊丹はんやおまへんか。妙なところでお会いしましたなぁ」

思わず関西弁が口をついて出た。

「やっぱりテメエ、サツだったか！」

赤紺の派手な縦縞のジャケットのボタンを外して前を拡げ、余裕たっぷりにベルトに差し込んだ拳銃の銃把を見せびらかした。

「いえ、サツやおまへん、わしは探偵ですねん、スンマヘンなぁ、だましてもうて」

冗談めかして革ジャンのポケットに両手を突っ込む。

もう五七ミリ、二五〇グラムの象牙の球を握っていた。

背後に控える、額から眉に掛けて切り傷のある子分のザ・ヤクザに伊丹が顎をしゃくった。

「とっ捕まえろ」

伊丹が悠然とベルトから拳銃を抜きかけた。

同時に竜次は取り出したビリヤード球を投げた。

距離五メートル、外れる筈がない。

狙い違わず顔面ど真ん中、鼻骨がグシャッと潰れた。

鮮血が迸《ほとばし》り、伊丹の身体が後ろへブッ飛んだ。

ジャックナイフで突き刺そうと突っ込んで来たザ・ヤクザを左側にサイドステップして避けると、そいつは勢い余って手摺りにのめった。

竜次はまた両足を浚《さら》って、下へ投げ捨てた。

鼻骨が折れたらしい伊丹が顔面を血で真っ赤にして、壁に寄り掛かったまま拳銃を握った腕を伸ばして竜次を狙っている。

宙を跳び、顎を狙って両足で飛び蹴りを喰らわした。

鉄壁に後頭部がブチ当たり、ガクッと失神した。

伊丹の手から拳銃を奪った。

ベレッタ九ミリ自動拳銃だった。

ハワイやグァムへ行くたびに、射撃場で何時間も実弾射撃を繰り返し、扱いには慣れているし、自信もある。

我が国では自衛官と警察官のみ許された拳銃使用――。

一般人の自分が拳銃を撃つことは違法ではあるが、こんな銃器を持った香港マフィアがうじゃうじゃいる中に侵入したら、我が身を守るためには仕方あるまい。正当防衛だ。

ライフル銃や散弾銃も、隆康と雉《きじ》や鹿や猪狩りで岐阜や長野の山に分け入り、狩猟を楽しんだものだ。

クレー射撃場にも通い何百枚もの皿を割り、高得点を出している。スキートもトラップ射撃も得意中の得意だ。

もうビリヤード球で対抗しなくとも、奴らと同等の本物の飛び道具を手に入れたのだ。怖いものなし、鬼に金棒、百人力だ。

冷たい鋼鉄のスライドを引いてカートリッジを装填し、いつでも弾が飛び出る状態にする。

銃をベルトに差し込んで船室を覗く。食堂だ。

今までここで酒盛りでもしていたのだろう、ビールや老酒《らおちゅう》、ウイスキーのグラスが散乱している。

さぁ、隠し部屋は何処だ。必ずある筈だ。

この貨物船も中国からの密航者を何十、何百人と運んでいるのだろう。蛇頭の密航ビジネスは何十億ドルのビジネスに成長し、今度は逆においしい日本女性を提供するために逆密輸しようというのだ。

船内の照明、暖房のために機関室は小刻みに振動している。

竜次は食堂を抜け、船員居住区へ足を踏み入れた。

二段ベッドが七つ、船員は一四名くらいか？

あとは船長と航海士と機関士長――乗組員は二〇名弱。

四名は片付けた。残りは陸へ上がって、出航前日の最後の夜を楽しんでいるのか？

ベッドの床から一筋、薄明かりが漏れている。隠し部屋か？

ベッドを押してずらすと、上げ蓋式の一メートル四方の鉄板ドアが現れた。

取っ手を持ち上げて覗くと、十数段の鉄梯子があった。

駆け下りる。

湿っぽい、すえたような体臭と汗臭さが鼻を衝く。

眼の前に、格子付きの一〇畳ほどのアンペラ（茣蓙《ござ》）を敷いた部屋が見える。

いたッ――。

一人、二人……六人しかいない。

以前中華街、翠香楼の地下で見た時より皆大分やつれている。希望を失って首をうな垂れ、肩を寄せ合っている。皆チャイナドレス姿だ。着替えさせられたのだろう。

錠前の掛かった格子戸に近寄り、声を潜めて語りかけた。

「皆さん、助けに来ましたよ、片桐洋子さん、長沼真由美さん、須藤操さん、岡崎桐葉さん」

忘れてはいなかった、顔と名前――。

ハッと上がった皆の顔に、忽ち希望の光が輝いた。

皆、這いずるように格子に縋りついて来る。これじゃ、まるで江戸時代の座敷牢そのままだ。あとの二人は見覚えがない。七、八人目の犠牲者だろう。

「あとの高桑涼子さんと泉真澄さんは？」

「奥の部屋です。乱暴されてます」

耳を澄ませれば確かに、女の喘ぎ声と呻き声が聞こえる。

そして、男たちの野卑《やひ》な笑い声と怒声が――。

竜次は壁伝いに忍び寄った。

一部屋過ぎ、二つ目の一〇畳ほどの部屋の裸電球の下に、今まさに素っ裸に剥かれた女性二人が三人の男たちに陵辱《りょうじょく》されている真っ最中だった。

訳の分からぬ中国語を叫び、日本女性を蹂躙《じゅうりん》している。

もう一人の禁断症状に陥った女性の眼前に、長煙管とランプを置いて見せびらかしながら下卑《げび》た笑いを放っている。

女の五体は震え瞳孔は収縮し、莫蓙を掻きむしるように十指を痙攣させている。もう少し時間が経てば、地獄の苦痛に苛《さいな》まれ、凄まじい錯乱状態に襲われるであろう。

餌を前に、思うがままに弄《もてあそ》んでいるのだ。

カッときた竜次は、格子の扉を開けると同時に、女性の両足を抱え込んで圧し掛かっている男の後頭部を、手に持つ拳銃の台尻《だいじり》でブチのめした。

残った二人が振り向いて、恐怖の表情を浮かべて何か中国語で喚いたが、また台尻で二人共続けざまに顎の骨を砕いてやった。

グタッと隔壁に頭をぶつけて気絶した。やはり鋼鉄のほうが人の拳より硬いのだ――。

二人の女性は呆けたように、恥部を隠そうともせず寝そべったままだ。片隅にアヘンの一塊のカケラと喫煙具が置かれている。これを餌に、言うがままにされていたのだ。

澱《よど》んだ空気が立ち込め、甘ったるい香料の匂いがむっと鼻をついた。

女は二人共　目鼻立ちが整っていて美人と言える顔立ちだが、肌は荒れ、頬は削げ、目の下に薄黒い隈《くま》が浮かんでいる。まだ十代……二十歳を超えているかいないかなのに、もう完全にアヘン中毒者に仕立て上げられているようだ。

脱ぎ散らかしたチャイナドレスを拾い上げて二人の腕を取り、立たせて廊下へ引き摺り出す。脚の力がなく、歩くのも覚束ない。皆の待つ部屋まで引き摺って行くと、もう二ヶ月も一緒に虜囚《りょしゅう》仲間だった意識からか、口々に悲痛な声を上げた。

「真澄ちゃん、涼子さん」

その叫びを、重い低い機関音が消してくれる。

「みんな、離れてッ」

そう言うと竜次は錠前に銃口を当てて、撃ち抜いた。

「さッ、この二人にドレスを着せて、僕の後ろに続いてッ」

鉄梯子を上って船員居住区に顔を覗かせる。

何処にも人の姿はない。さっきの奴らはまだノビたままらしい。

竜次は梯子を這い上ると、最初の一人目、二人目には手を貸して引っ張り上げて、あとは任せた。全員で八人だ。

船室のロッカーを開けると、「あったァ……」オレンジ色のライフジャケットが！

手動膨張式のベスト型救命胴衣だ。一人ずつに手渡し首から架けさせる。

尻のポケットからケータイを取り出し、滝本をプッシュする。一度で出た。

「倉嶋さん、どうでした？」

息が弾み、急き込んで訊いてくる。

「救出した。ライフジャケットを着せて海へ放り込む。今、何処だ？」

「ピッタシカンカン！海にいますよ。タグボートに艀《はしけ》を繋いで右舷側です」

「ヨ〜シ、今から甲板へ出て次々船首部分から放り込むから、拾い上げてくれ。それから緊急手配も頼む」

「もう手は打ちました。間もなく岸壁はパトカーで一杯になりますよ」

「ＯＫ！甲板に出るまでチョっと待ってくれ。船倉から上るからな」

船員居住区から出て鉄梯子を下りる。

三人の船員とザ・ヤクザが折り重なって、まだ失神していた。よほど強く頭か首を打ちつけたのだろう。

突き当たりの鉄扉を開けて、船倉に踏み込む。

後ろを振り返ると、八人の女性たちが壁に手を掛け懸命に続いて来る。アヘンでヤラレた二人を両側から支え、叱咤激励して引っ張って来ている。

ライターの灯りで一〇メートル二〇段の鉄梯子を照らし、「上れるか？」と励ます。

「ええ、大丈夫よ、このくらい」

金髪に染めた髪も、黒毛が混ざった岡崎桐葉が答えた。

チャイナドレスの浅いスリットに両手を掛け、ビリッと引き裂き、太腿まで捲り上げて梯子に取り付いた。

ハッと思い出した。

（待て、俺が先に行かないと。さっき、上のハッチカバーの蓋は閉めてしまったんだ。俺が開けないと！）

竜次が苦もなく二〇段を上り切り、ハッチを持ち上げて覗く。さっき頚椎をブッ叩き、失神させた見張りの姿がない。加勢を頼みに行ったのか？

（急がねば……）

甲板に腹這いになって暗い穴倉に首を伸ばし、声を潜めて言った。

「さ、上がって来い。船首の横に錨を巻き上げる揚錨機《ようびょうき》がある。その陰に隠れているんだ」

みんな上り始めたが、まるで尺取虫のように歯がゆい動きだ。体力が弱っている。一人、二人と引っ張り上げ、指示した。

「五、六メートル先にある、錨を投下したり巻き上げたりの揚錨機の遮蔽物に隠れろ」

その時、穴倉の底から「無理だわァ、上れません」という悲痛な叫びが聞こえた。

「よし、今行くぞ」

応えて、梯子に取り付いた。

途中、梯子の前後に回って二人とすれ違う。

船底に着くと、中毒者の泉真澄は鉄梯子の一本を握ってはいるが、身体が、足が持ち上がらず、へたり込んでいる。

脇の下に手を入れ、持ち上げ、上段にいる須藤操に引っ張り上げさせる。

泉真澄も懸命に応えようと努力している。助かりたい、生きたいという意欲はまだ失っていないようだ。ジッポのライターのオイルも残量少なく火もユラユラと、風前の灯だ。

最後に残った高桑涼子を押し上げていると、突如、サァ〜ッと光が差し込んだ。

振り返ると、入り口の鉄扉を開けて、さっきの船員の一人がマサカリ、もう一人が懐中電灯片手に散弾銃を抱えて踏み込んで来た。

竜次に向かってマサカリを振り下ろす奴に肩から体当たりを喰らわすと、後ろにブッ飛んで隔壁に頭をぶつけてノビた。

と、凄まじい轟音が船倉内に反響した。

ショットガンの強力な衝撃音だった。

背後で「アアッ」と叫び声が上がった。誰かがヤラレた。多分、高桑涼子だ。

竜次はベルトに差した奪い取った拳銃を引っこ抜き、振り向いた。鉄扉の前に浮かぶ銃を構えた黒いシルエットに向かって、躊躇せず引き金を引いた。腰ダメの抜き撃ちだ。

そいつは銃を放り出してブッ倒れた。命中だ。

鉄扉を蹴って閉め、右に捻って施錠した。もう仲間が誰も入れないように。

足元に犠牲者がもう息のない骸《むくろ》と化して、糸の切れたあやつり人形のように手足が不自然な格好で横たわっていた。

ライターの火が消えた。眼は闇に閉ざされた。真っ暗闇だ。

暗闇の中を戻って手探りで高桑涼子を捜す。柔らかい肉塊が触った。ゼエゼエと息が荒い。

「高桑さん、大丈夫だ、助かる。気をしっかり持って」

背中に担いで鉄梯子に取り付いた。ネットリと高桑涼子の流れる血が竜次のシャツを濡らした。

「早く上れ〜ッ」

と上に向かって叫び、竜次も梯子を上り始めた。首っ玉にしがみついた高桑涼子を落ちぬように背負って上るのは難行だった。しかし、一人の犠牲者も出さず全員救助したいとの竜次の決意が力を与えた。何とか甲板に上がり、高桑涼子を横たえた。

先に上がって這いずっていた須藤操を抱え匍匐《ほふく》前進で、遮蔽物《しゃへいぶつ》となっている揚錨機の陰に一緒に転げ込む。

その時――「カキーン」と舷側を弾丸が削った。

あとから「ダーン」と銃声。ライフル銃だ。

首を突き出して見ると、ブリッジから駆け下りてくる三人の人影があった。一刻の猶予もない。ケータイを取り出し滝本へ。

「いいか、今から放り込むッ。直ぐに救い上げないとヤバイぞ」

「分かってます。待ち構えていますよォ」

十一月の深夜、水温は一五度以下だろう。

彼女らは衰弱している。ましてやアヘン中毒者が二人いる。

全員無事に助けられるか？ 賭けだ。

「さぁ、飛び込めッ。水は冷たいが、救命具を着てるから大丈夫だ。さ、行けッ」

いや、一人もう撃たれて犠牲者が出た。さっきの散弾を至近距離で受け、助かる保証はない。だが兎に角救い出した。

「アタシから」

金髪の岡崎桐葉が度胸良く、舷側を乗り越えて姿を消した。

竜次も舷側に張り付いて下を覗き込む。

一条のサーチライトが煌々と輝き、長さ三〇メートルの艀が頼もしい姿で漂っていた。

滝本の巨体が長い鉤付きの竿を握り、甲板に仁王立ちしていた。

何処でタグボートを手配したのか？　その詮索はあとだ。

自動膨張したベスト型ライフジャケットを首に架けた岡崎桐葉が竿に引き寄せられ、艀に寝そべった滝本の太い腕で引き揚げられた。

「私、高所恐怖症なんです。高くて怖くて飛び込めません」

竜次の耳元で、片桐洋子がワナワナ震えながら囁く。

そりゃそうだ。高さ約一〇メートル、暗黒の海面に飛び込むのだ。相当な勇気がないと敢行できないだろう。衰弱した身体が一〇メートルを落下し、冷たい海水に潜ったら、ショック死の可能性も否めない。しかし、逡巡《しゅんじゅん》している暇はないのだ。

「そんなことを言ってる場合じゃないッ。目をつぶれッ」

片桐洋子を両腕に抱えて有無を言わさず、海へ放り込んだ。

「キャ～ッ」

と悲鳴を上げて、落ちて行った。

あと六人、……。重傷の高桑涼子まで無事救出して初めて、全員奪還成功と言えるのだ。

揚錨機の陰から覗くと敵は三人。ライフル銃とショットガンとピストルだ。右舷と左舷に分かれた。

竜次の拳銃のクリップには、あと六発の弾丸が装填されている筈だ。一発必中で狙わないと……。

右舷側のドラム缶の陰から、ショットガンを発射する火が輝いた。後ろの鉄板舷側に逸《そ》れた。しかし跳弾がバラバラと散らばった。

「アッ」と悲鳴が――鉛の破片が誰かに当たった。

至近距離だと威力を増す散弾銃。二、三メートルの距離なら、文字通り、腹に三〇センチの風穴が開く。しかし、この二〇メートルの距離なら、怖いのは今の散らばった跳弾だ。どっちへ跳ねるか分からない。

竜次はグリップを両手で握って腕を伸ばし、慎重に狙った。

ドラム缶の陰からまず銃身が、次に頭が現れた。

狙い澄ました人差し指がトリガーを静かに引く。

目標の額に真っ赤な花が咲き、船員帽が吹っ飛んで姿を消した。

また「カキーン」とライフル弾が鉄壁に弾《はじ》けた。

今度は左舷だ。挟み撃ちだ。

その時、ハッチカバーから誰かの頭が覗いた。まだ鉄梯子に残っていたのだ。

もう一人、目の先五メートルに、アヘン中毒の泉真澄が瀕死《ひんし》の虫のようにうごめいている。

竜次は飛び出し、真澄の脇の下を抱えて引き摺り這い進んだ。

頭上を、空気を切り裂いて銃弾が飛び交った。

揚錨機の陰に泉真澄を放り込んで振り返ると、ニット帽を被った船員が、ピストルを乱射しながら踊り込んで来た。

仰向けに寝たまま撃鉄を絞った。セミオートで連発した弾丸がそいつの腹と胸に命中した。衝撃で後ろへのけ反って倒れた。

ハッチから眼だけ覗いている誰かが「もうダメェ」と叫んだ。

「そのまま、ジッとしていろ、出て来るなァッ」

ライフルの正確な狙いが連射され、動きがとれない。

拳銃には残弾二発だ。万事休す。

その時――天の声が――。

「こちらは横浜加賀町署だ。強制立ち入り捜査を行う。タラップを降ろしなさい。繰り返す……」

山崎刑事課長の拡声器の声が、まさしく天からの救いの声に聞えた。

見下ろせば、C突堤七号岸壁は、赤色灯が煌めくパトカーの駐車場と化していた。赤色灯が回転し、投光器が輝き、バラバラと捜査員が集まっている。

「みんなァ、助かったぞォ！」

周りの四人の娘の肩を抱き締めた。最後にハッチから飛び出して来た須藤操が、泣きながら輪に加わった。

脱力感でアグラを掻いて座り込んだ。

解決だ。拉致誘拐人身売買事件は解決したのだ――。

夜空を見上げれば、十一月の冷たい下弦の月が冴え渡っていた……。

エピローグ

一ヶ月後、新宿若松町、セリーズマンション八〇一号室――。

竜次はヨッコと向き合って、ワイルドターキー十三年のロックを喉を鳴らしながらグビグビと飲《や》っていた。

この三ヶ月間を思い返す――。

一般人の竜次が、いくら正当防衛とはいえ、拉致誘拐された被害者を救うためとはいえ、拳銃をぶっ放し、蛇頭の組員三人の命を奪った。未だ処遇は分からぬ。法的にはどうなるのだろう？　加賀町署も、海保、入管、税関とは別に、裁判所の逮捕許可証も間に合わぬのに、単独で駆け付けたのだ。

攫われて売り飛ばされそうになっていた女性八名を、確かに救助した。竜次は銃刀法所持許可証を持っており、兄と奥山に踏み入って鳥類や猪・鹿など大物撃ちを経験していたからこそ、銃の扱いに慣れていたのだ。

拳銃はハワイやグァムの実弾射撃場で飽きるまで撃ちっ放し、『ダーティハリー』のマグナム44口径まで撃っているのだ。初めはその銃声、反動に度肝を抜かれたが。

ホノルルの〈スワット・ガンクラブ〉では、インストラクターのトミーと懇意になり、最初はチップをはずんで手なずけたが、友達関係になってからは、普通はワイヤーチェーンで結ばれて正面の的しか撃てないのに、そのワイヤーを外し、拳銃を前後左右自由自在に撃たせてもらったのだ。一五メートル先のスコアペーパーの直径一〇センチの的のど真ん中に集中させて、閉店後は、動く標的を抜き撃ち、早撃ちでレッスンを重ね、あらゆる種類の拳銃に精通していた。さすがに拳銃の分解まではやらせてもらえなかったが、クリップへの弾丸装着、リボルバー拳銃のシリンダーへの弾丸込めなど、自由に触らせてもらっていたのだ。

また、〈ココヘッド・ガンクラブ〉では、屋外で一〇〇メートルの距離から、M―16、AK47の自動小銃までブッ放して慣れ親しんでいた。隣のブースではFBIやCIAの捜査員、軍人たちが一緒にブッ放していた。周辺には硝煙の匂いが立ち込め、ヘッドフォンなしではその轟音には堪えられない。インストラクターからは「リュウ、お前は何処かの傭兵部隊にでも応募するつもりか？ ウクライナは止む気配がないし、アフリカ辺りも名スナイパーを欲しがっているんじゃないのか？ どうだ、リュウ」とジョークで揶揄われたものだ。

そのお陰で、奪ったピストルで、暴力団と人身売買組織に対抗できたのだ。芸は身を助く、好きこそ物の上手なれ、だ。

九死に一生を得たのだ。攫われた八名の女性たちも死の瀬戸際からかろうじて生還できたのだ。

これを祝わずして何を祝う！

「お～い、ヨッコ、刺身にはワサビをたっぷり添えてな、肉はミディアムレアでペッパーを利かせてな、それとニンニクスライスをよく焼いてくれ～ェ、粒マスタードも忘れるなよォ、バーボンお代わりィ～！」

「あなたと一緒だと命が縮むわ。平均寿命まで生きられるかしら……」

ヨッコはいそいそと準備しながら嬉しそうに、聞こえよがしに呟いている。

ヨッコはもう「竜次さん」ではなく、「あなた」に呼び方が変わっていた。

「ヨッコ、人生を楽しもうぜ。俺と一緒に……離婚訴訟や浮気調査の依頼なんて嫌だろう？命が縮んでも、命を燃やそうぜ！　カンパァイ！」

（何てバーボンは旨いんだ。よ～し、朝まで酔いどれるぞォ～）

ゴクリと喉を鳴らして、バーボンロックを呑み込んだ。


――完――

あとがき

『酔いどれ探偵 倉嶋竜次』第一作目の読了後、何人かの読者から「何故あんなことまで知ってるの?」「よく調べたねぇ〜」「参考文献にあんなことまで書いてあるの?」とか、さまざまな疑問やご感想を頂いた。

私のニュースソース(情報源)はお教えできないが、竜次の兄の隆康が自分の体験として教える警察内部や内閣調査室の実体験、CIA本部ラングレイでの研修やインドネシア・バリ島での改造拳銃製造の秘密工場を現地調査に行ったのと同じ体験をした友人がいるのだ。

その方は警視庁に二〇年ほど在籍して、国民から人気のあった永らく務めた総理大臣のSPから個人秘書となった経歴を持つ。今は辞職して平穏な日々を送っているが、私と知り合い、作家として時代小説の他に探偵小説なども執筆すると知ると、自分の実体験を話してくださるようになった。

お陰様で、私も取材との名目でかなり突っ込んだ質問、疑問を投げ掛け、ヒントを与えられ、ただのフィクションではないリアルな現実感を小説のストーリーに盛り込むことができた。

——こんなことが何度かあった。

夜遅く携帯電話で長々と私が質問し、答えてくれて色々聴いていると、突然ガサガサと乱れた雑音が入り、プツッと切れて聞こえなくなってしまう。数分後にまた呼び出し音が鳴り、出ると「叱られてしまいましたよ」と、その情報提供者の神妙な声が聞こえた。どういうことかというと、もう既に辞めてしまっても〈内閣調査室（俗に内調という）〉の監視は続いているということだ。

このYというサイバーポリスの方は、現役時代は私の情報提供者の後輩、部下だったという関係だったらしく、「何故、お前さんが作家先生にそこまで話すんだ。あまり突っ込んだ話はしなさんなよ。ところでさっき、昼間あの原っぱで作家さんが木立に入って一、二分姿が見えなくなったな。何をしてたんだ？」と聞かれ、「ああ、あれは尿意を我慢できなくて、木陰に入って立ち小便しに行っただけですよ」と答えたそうだ。

真実なのだ。つまり、人工衛星から視て、聴いているわけだ。——私はゾッとした。

我が国も、怪しい奴、注意人物は三六五日二四時間見張っているということだ。

その後も何度も電話は盗聴され、遮断され、詰問されて、国家の中枢に触れるような密事には、「たとえ辞めた今でも守秘義務はついて回るのだぞ」と釘をさされたそうだ。

——私が恐怖感を覚えた実体験をお話ししたが、どんな感想をお持ちだろうか。「国民は国家に監視されている。マイナンバーカードなどで個人情報が紐付けされ、全国民が政府の監視下にある。「国家の陰謀だ」と言う人がいるが、日本版ＦＢＩ・ＣＩＡは存在するのだ。

前作で紹介したハリウッド映画『エネミー・オブ・アメリカ』（一九九八年）をレンタルビデオ店で借りて是非、観て頂きたい。ウィル・スミスとジーンハックマン主演のサスペンスアクション映画だ。トニー・スコット監督（あのヒット作『トップガン』の監督でもある）で二十五年も前に製作されたのだが、二〇一二年、ロスのヴィンセント・トーマス橋から投身自殺したとされている。だが、実は政府機関から突き落とされ殺されたのでは？との噂がある。

映画は国家秘密を偶然掴んだ弁護士が、国家安全保障局（ＮＳＡ）から衛星で監視追跡され、抹殺されまいと挑戦するストーリーだ。今や現在の日本でも同様の監視体制が続けられている。今、情報の出所、情報源取材に際しては、ニュースソースの守秘が鉄則とされ、常に適切で確度の高いニュースソースに接近する努力を払う。一方、報道の自由の確保のため、取材源秘匿権をも強く要求して取材源を守り、その信頼に応え抜くことが職業倫理として求められている。恐ろしい世の中になったものだ。

※最後に、本文に出て来る地名・人名・年号その他、起こった事柄などは、登場してくる関係者の方々にはお会いしたりお電話でお話ししたり誠意を尽くし、できうる限り正確を期

したつもりです。けれど、万が一記憶違いのために配慮を欠き、ご迷惑をお掛けすることがあるかも知れませんが、ご容赦できるところは目を瞑って頂きたく、伏してお願い申し上げます。

こんな怖い事柄を執筆することになると、私の気も萎えます。リアリティーを出すために、書いていることが現実に起こっている事件に触れる恐ろしい事実を書くことに繋がります。

こうなると、誰も知らない、見たこともない何百年前の時代小説執筆に専念したほうがずっと楽なのでは、と思えてくる。今後は時代小説だけを執筆して行こうと決心しました。次回作は時代小説です。ご期待ください。

——令和五年九月吉日

工藤堅太郎　拝

〈参考文献〉

『手記潜入捜査官』高橋功一（角川書店）
『日本警察腐食の構造』小林道雄（講談社）
『警察のウラ側がよくわかる本』謎解きゼミナール（河出書房新社）
『警察庁広域機動隊』六道 慧（徳間書店）
『死体を語ろう』上野正彦（角川書店）
『連合赤軍「あさま山荘」事件』佐々淳行（文藝春秋）
『ヤクザの実戦心理術』向谷匡史（ＫＫベストセラーズ）
『知らなかった警察』警察番記者倶楽部・編（ダイヤモンド社）
『警察官を泣かせる本』交通機動隊員タンク（高橋書店）
『巡査 埼玉県警黒瀬南署の夏』岩城捷介（宝島社）
『警察と暴力団 癒着の構造』稲葉圭昭（双葉社）
『警察白書 平成十七年版』（警察庁）
『国際刑事警察機構 令和三年版』（警察庁）

著者　工藤 堅太郎（くどう けんたろう）

神奈川県横浜市出身、俳優座附属俳優養成所11期卒業。

1962年、大映撮影所と契約。TVドラマ「夕日と拳銃」で主役デビュー。その後「風と樹と空と」「日本任侠伝・灰神楽三太郎」「土曜日の虎」「五番目の刑事」「ご存知遠山の金さん」「ミラーマン」など、映画では『柳生一族の陰謀』『戦国自衛隊』など、時代物・現代物ジャンルを問わず何百本と出演。芸歴60年を超す。

著書に、自叙伝『役者ひとすじ』『続・役者ひとすじ』（ともに風詠社）、時代小説『斬り捨て御免』『正義一剣』『修羅の如く』『葵の若様 腕貸し稼業』（ともに祥伝社）、『天下大乱の刻 暴れ同心 真壁亮之介』『酔いどれ探偵 倉嶋竜次』『ウーマン・ハント』（ともに風詠社）がある。

酔いどれ探偵 倉嶋竜次〈2〉 ウーマン・ハント

2023年9月18日　第1刷発行

著　者　工藤堅太郎
発行人　大杉　剛
発行所　株式会社 風詠社
〒553-0001 大阪市福島区海老江5-2-2
大拓ビル5 - 7階
Tel 06（6136）8657　https://fueisha.com/
発売元　株式会社 星雲社
（共同出版社・流通責任出版社）
〒112-0005 東京都文京区水道1-3-30
Tel 03（3868）3275
装幀　2DAY
印刷・製本　シナノ印刷株式会社

ISBN978-4-434-32722-3 C0093